날씨의 아이

Weathering With You

Weathering With You

일러두기

본문 속 주석은 옮긴이가 표기한 것입니다.

본문의 등장인물 이름, 지역명, 일부 용어는 애니메이션을 따라 번역하였습니다.

날씨의 아이

Weathering With You

신카이 마코토 지음 · 민경욱 옮김

대원씨아이

차례

서장

네게 들은 이야기

비 내리는 3월 하늘에 페리의 출항을 알리는 기적이 길게 울렸다.

거대한 선체가 해수면을 밀고 나가는 묵직한 진동이 엉덩이에서 온몸으로 전해졌다.

내 표는 배의 밑바닥과 가장 가까운 이등 선실. 도쿄까지는 열 시간 이상 걸리는 뱃길로 밤이 돼야 도착한다. 이 페리를 타고 도쿄에 가는 것은 태어나 두 번째였다. 나는 일어나 갑판 테라스로 이어진 계단으로 향했다.

학교에 "녀석에게는 전과가 있는 것 같아"라거나 "지금도 경찰에 쫓긴대"라는 소문이 돌고 있는 건 2년 반 전 도쿄에서 있었던 일 때문이다. 소문이 도는 것 자체는 뭐라 할 바 아니지만(사실 소문이 도는 게 당연했다), 나는 그 여름, 도쿄에서 있었던 일을 섬사람 누구에게도 말하지 않았다. 단편적으로 말한 적은 있으나 정말 중요한 사실은 부모님에게도 친구에게도 경찰에게도 말하지 않았다. 나는 그 여름의 일을 고스란히 가슴에 품은 채 다시 도쿄로 가는 것이다.

열여덟이 된 지금, 이번에야말로 그 거리에서 살기 위해.

다시 한번 그 사람을 만나기 위해.

그 생각만 하면 늘 갈비뼈 안쪽이 뜨겁고 뺨이 화끈거렸다. 나는 빨리 바닷바람을 쐬고 싶어 계단을 오르는 발길을 재촉했다.

갑판 테라스로 나오자 차가운 바람이 비와 함께 후드득 얼굴을 쳤다. 그 모든 것을 받아들이듯 나는 크게 숨을 들이쉬었다. 바람은 아직 차가웠지만, 거기에는 봄기운이 담뿍 담겨 있었다. 드디어 고등학교를 졸업했다—라는 실감이 늦게 도착한 알림처럼 새삼스레 가슴을 두드렸다. 나는 갑판의 난간에 팔꿈치를 대고 멀어져가는 섬을 보다가 다시 바람이 휘몰아치는 하늘을 바라봤다. 시야가 미치는 저 멀리까지 헤아릴 수 없이 많은 빗방울이 춤추고 있었다.

그 순간—흠칫 온몸에 소름이 돋았다.

아직이야. 절로 눈을 꼭 감았다. 떨어지는 비가 꼼짝 않고 있는 내 얼굴을 하염없이 두드리고 귓가에는 빗소리가 끊임없이 울렸다. 지난 2년 반 동안 비는 항상 거기 있었다. 아무리 숨을 죽여도 절대 사라지지 않는 심장 고동 소리처럼. 아무리 세게 눈을 감아도 완전한 어둠을 만들지 못하는 눈꺼풀처럼. 아무리 마음을 진정해도 한시도 침묵할 수 없는 심장처럼.

나는 천천히 숨을 내뱉으면서 눈을 떴다.

비.

호흡하듯 일렁이는 검은 바다에 하염없이 비가 빨려 들어갔다. 마치 하늘과 바다가 공모해 얄궂게 해수면을 밀어 올리고 있는 듯했다. 나는 두려워졌다. 몸속 저 깊은 곳부터 떨려오기 시작했다. 갈가리 찢어질 것만 같았다. 나는 난간을 힘껏 잡았다. 코로 숨을 깊이 들이쉬었다. 그리고 늘 하던 대로 그 사람을 떠올렸다. 그녀의 커다란 눈동자와 풍부한 표정, 시시각각 변하는 목소리의 톤, 두 갈래로 묶은 긴 머리를. 그리고 다 괜찮아, 라고 생각한다. 그녀가 있어. 그녀가 도쿄에 살고 있어. 그녀가 있는 한 나는 이 세계와 단단히 이어져 있을 수 있어.

"— 그러니까 울지 마. 호다카."

그날 밤, 그녀는 그렇게 말했다. 도망쳐 들어온 이케부쿠로의 호텔. 천장을 두드리는 빗소리가 멀리서 울리는 큰북 같았다. 같은 샴푸 향기와 무엇이든 용서할 것만 같은 그녀의 따뜻한 목소리, 어둠 속에서 새하얗게 빛나던 피부. 그 기억이 너무나 선명해 나는 문득 지금도 그 자리에 있는 듯한 기분에 사로잡혔다. 진짜 우리는 지금도 그 호텔에 있고, 미래의 내가 데자뷔처럼 페리에 탄 모습을 상상하고 있는 게 아닐까. 어제의 졸업식도 이 페리도 모두 착각이고 진짜 나는 지금도 그 호텔 침대 위에 있는 게 아닐까. 그리고 아침에 일어나면 비는 그친 상태이고, 그녀도 내 곁에 있고, 평소와 다름없이 변함없는 일상이 재개되지 않을까.

기적이 높이 울었다.

아니, 그렇지 않아. 나는 철제 난간의 감촉과 바다 냄새, 수평선에 간신히 걸려 있는 섬의 모습을 확인했다. 아니야, 지금은 그날 밤이 아니야. 그건 아주 오래전 일이야. 페리에 흔들리고 있는 여기 자신이 지금 존재하는 진짜 나야. 정신 차려. 처음부터 생각하자. 비를 노려보면서 나는 그렇게 생각했다. 그녀와 다시 만나기 전에 우리에게 일어났던 일을 이해해둬야 한다. 아니, 이해할 수는 없더라도 적어도 최대한 생각해둬야 한다.

우리에게 무슨 일이 일어났는지. 우리가 뭘 선택했는지. 그리고 나는 앞으로 그녀에게 어떤 말을 전해야 하는지.

모든 것은—그래, 분명 그날 시작됐다.

그녀가 처음으로 그걸 목격한 날. 그녀가 말해주었던, 그날 일이 모든 것의 시작이었다.

////

그녀의 어머니는 벌써 몇 달째 눈을 뜨지 못하고 있었단다.

바이털 모니터의 규칙적인 전자음과 쉭쉭 하는 호흡기의 동작 소리, 집요하게 창을 두드리는 빗소리만이 작은 병실을 채우고 있었다. 그와 함께 사람이 오래 머문 병실 특유의, 세상과는 동떨어진 적막한 공기.

그녀는 침대 옆 둥근 의자에 앉아, 뼈만 앙상해진 어머니의 손을 꼭 잡았다. 어머니의 입김에 규칙적으로 하얗게 흐려지는 산소마스크와 내내 감겨 있는 어머니의 눈썹을 바라봤다. 그녀는 불안에 짓눌릴 것만 같은 심정으로 간절히 기도했다. 어머니가 눈을 뜨게 해주세요. 위기에 빠졌을 때 나타나는 영웅 같은 바람이 강력하게 불어와 우울함이나 걱정, 비구름 같은 어둡고 무거운 것을 전부 날려버리고, 우리 가족 셋이 다시 한번 맑은 하늘 아래에서 웃으며 걸을 수 있게 해주세요.

그녀의 머리카락이 살랑 흔들렸다. 똑똑 귓가에 아주 작은 물소리가 들렸다.

그녀는 고개를 들었다. 분명히 꼭 닫아뒀던 창문 커튼이 조금씩 흔들리고 있었다. 여전히 장대비가 쏟아지고 있었지만 구름에 작은 틈이 생기더니 그 사이로 뻗은 가느다란 빛이 지상의 한 점을 비추고 있었다. 그녀는 그곳을 응시했다. 시야가 닿는 곳마다 서 있는 건물들. 그중 한 빌딩 옥상만 스포트라이트를 받은 배우처럼 홀로 빛나고 있었다.

누군가의 부름을 받은 사람처럼, 정신을 차려보니 그녀는 병실에서 뛰어나와 있었다.

그곳은 버려진 빌딩이었다. 주위 건물은 반짝이는 새것이었는데 그 다용도 빌딩만은 시간이 휩쓸고 지나간 것처럼 칙칙하게 썩어 들어가고 있었다. '당구장'이나 '철물점'부터 '장어', '마작'까지 녹슬고 색 바랜 간판이 빌딩 주위에 여기저기 걸려 있었다. 비닐우산 너머로 올려다보니 한 줄기 햇살은 틀림없이 그곳 옥상을 비추고 있었다. 빌딩 옆에 작은 주차장이 있고 완전히 녹슨 비상계단이 옥상까지 이어져 있었다.

—마치 빛 웅덩이 같아.

계단을 모두 오른 그녀는 순간 자신 앞에 펼쳐진 풍경에 넋을 놓았다.

난간으로 둘러싸인 그 옥상은 수영장 25미터 레인의 딱 반 정도 넓이였고 바닥 타일은 여기저기 뜯긴 채 온통 푸른 잡초로 덮여 있었다. 그 풀더미의 호위를 받는 것처럼 가장 안쪽에 작은 도리이(鳥居, 신사 입구에 세워져 있는 문)가 우두커니 서 있었다. 구름 사이를 비집고 내려온 빛은 그 도리이를 곧장 비추고 있었다. 도리이의 붉은색은 햇살이 만든 스포트라이트 속에서 빗방울과 함께 반짝반짝 빛나고 있었다. 비로 흐려진 세상 속에서 그것만이 선명했다.

그녀는 아주 천천히 도리이로 걸어갔다. 비를 흠뻑 맞은 여름 잡초를 밟을 때마다 사각사각 풀을 스치는 부드러운 소리와 함께 포근한 탄력이 느껴졌다. 비의 커튼 너머에는 수많은 고층 빌딩이 뿌옇게 서 있었다. 어딘가에 둥지가 있는지 작은 새의 지저귐이 사방을 채웠다. 거기에 아주 어렴풋이, 마치 다른 세계에서 들려오는 것처럼 야마노테 선의 소리가 멀리서 섞여 왔다.

우산을 바닥에 내려놓았다. 비의 서늘함이 그녀의 매끄러운 뺨을 매만졌다. 도리이 안쪽에는 돌로 만든 작은 사당이 있고 그 주위에는 보라색의 작은 꽃이 무성했다. 꽃들 사이엔 누가 두고 갔는지, 오봉(한국의 추석과 같은 일본의 최대 명절)에 제단을 장식하는 말 모양 인형이 두 개 놓여 있었다. 오이와 가지에 이쑤시개를 꽂아 말 모양을 만든 인형이었다. 그녀는 무의식적으로 두 손을 모았다. 그리고 마음을 다해 소원을 빌었다. 비가 그치게 해주세요. 천천히 눈을 감고 빌면서 도리이를 통과했다. 어머니가 눈을 떠 맑은 하늘 아래에서 같이 걷게 해주세요.

도리이를 벗어났을 때 문득 공기가 변했다.

빗소리가 뚝 끊겼다.

눈을 뜨니— 화창한 하늘이 펼쳐져 있었다.

그녀는 강한 바람에 휩쓸려 아주 높은 하늘로 떠올랐다.

아니, 다음 순간에는 바람을 가르고 떨어졌다. 한 번도 들은 적 없는 낮고 깊은 바람 소리가 주위를 휘감았다. 내쉰 숨결은 하얗게 얼었고 짙은 푸른색 공간 속에서 반짝였다. 그런데도 공포스럽지는 않았다. 눈을 뜬 채 꿈을 꾸고 있는 것 같은 기묘한 감각이었다.

아래를 보니 커다란 콜리플라워 같은 적란운이 여기저기 떠 있었다. 그 하나하나가 수킬로미터에 달하는 크기일 테니 그것은 장대한 하늘의 숲일 것이다.

그녀는 문득 구름 색깔이 변하고 있음을 깨달았다. 구름 꼭대기, 대기의 경계에서 평야처럼 평평한 곳에 드문드문 녹음이 솟아나기 시작했다. 그녀는 눈을 부릅떴다.

그것은 초원이었다. 지상에서는 결코 볼 수 없는 구름 꼭대기에 녹음이 우르르 생겼다가 사라졌다. 그리고 잘 살펴보니 그 녹음 주위에 생물처럼 보이는 작은 것들이 모여 있었다.

"……물고기?"

기하학적인 소용돌이를 그리며 천천히 일렁이는 무리는 마치 물고기 떼처럼 보였다. 그녀는 낙하하면서 가만히 그 광경을 바라봤다. 구름 위의 평원을 수많은 물고기가 헤엄치고 있었다—.

갑자기 뭔가 손끝에 닿았다. 놀라 손을 봤다. 역시 물고기였다. 투명한 몸을 지닌 작은 물고기들이 무게를 지닌 바람처럼 손가락과 머리카락 사이를 빠져나갔다. 긴 지느러미를 흔드는 것부터 해파리처럼 동그란 것, 송사리처럼 가녀린 것까지. 다양한 형태의 물고기는 태양 빛을 투과해 프리즘처럼 반짝였다. 정신을 차려보니 그녀는 드넓은 하늘 속에서 물고기들에 감싸여 있었다.

하늘의 푸르름과 구름의 순백, 일렁이는 초록과 무지개색으로 빛나는 물고기들. 그녀가 있는 곳은 들은 적도 상상한 적도 없는 불가사의하고 아름다운 하늘의 세계였다. 마침내 그녀의 발밑에 펼쳐졌던 구름이 스르르 사라지고 눈 아래로 한없이 넓은 도쿄의 시가지가 나타났다. 빌딩 하나하나, 차 한 대 한 대, 유리창 하나하나가 햇빛을 받아 자랑스럽게 빛나고 있었다. 비의 세례를 받고 다시 태어난 듯한 그 거리로, 그녀는 바람을 타고 천천히 떨어졌다. 점점 신비로운 일체감이 온몸을 채웠다. 그녀는 자신이 이 세계의 일부라는 사실을 언어 이전의 감각으로 온전히 이해했다. 자신은 바람이자 물이며, 푸르름이자 순백이고, 마음이자

기도였다. 기묘한 행복과 애절함이 온몸에 퍼졌다. 그리고 천천히, 이불에 푹 잠기듯 의식이 사라졌다—.

////

"그 풍경. 그때 내가 본 건 전부 꿈이었을지도 몰라." 오래 전 그녀는 내게 말했다.

하지만 꿈이 아니었다. 우리는 그것이 꿈이 아니었다는 사실을 지금은 알고 있고 그 후 같은 풍경을 함께 보게 되었다. 아무도 모르는 하늘의 세계를.

그녀와 함께 보낸, 그해 여름.

도쿄의 하늘 위에서 우리는 세계의 모습을 결정적으로 바꿔버렸다.

제1장

섬을 나온 소년

일단 인터넷으로 찾아볼까.

나는 스마트폰으로 「Yahoo! 지식」(야후 재팬에서 운영하는 지식 Q&A 서비스)을 열고 별생각 없이 주위를 둘러보며 질문을 입력했다.

고등학교 1학년 남학생입니다. 도쿄에서 시급 좋은 알바를 찾습니다. 학생증 없이도 고용해주는 곳이 있나요?

음, 이 정도면 되겠지. 살벌한 인터넷 공간이니 잔뜩 악플이 달릴 수도 있다. 하지만 검색으로 얻을 수 있는 정보는 한계가 있고 따로 부탁할 사람도 없으니— 그렇게 생각하면서 등록 버튼을 누르려는데 선내 방송이 흐르기 시작했다.

『곧 해상에 폭우가 내릴 것으로 예상됩니다. 갑판에 계신 분은 안전을 위해 선내로 돌아와주십시오. 다시 말씀드립니다. 곧 해상에……』

오케이! 나는 조용히 말했다. 지금이라면 갑판을 독점할 수 있겠다. 엉덩이가 아픈 이등 선실에 있는 것도 질렸고 다른 승객이 돌아오기 전에 갑판에 나가 비 오는 순간을 보자. 나는 스마트폰을 청바지 주머니에 넣고 계단을 향해 잰걸음으로 나갔다.

도쿄로 향하는 이 페리는 5층짜리 배인데 내 이등 선실은 뱃값이 싼 대신 가장 바닥 쪽에 있어서 엔진 소리가 시끄러운 데다 여러 사람이 다 같이 쓰는 다다미방이었다. 아주 안락해 보이는 일등 선실을 슬쩍 살피면서 실내 계단을 두 개 층 가까이 올라 배의 외벽과 이어진 통로로 나왔다. 마침 갑판에 있었던 사람들이 우르르 돌아오던 참이었다.

"또 비 온대."

"겨우 갰나 했더니만."

"요즘 여름은 너무해. 비만 와대니."

"섬 여행 내내 태풍이었는데."

저마다 불평했다. 나는 "죄송합니다"라고 고개를 숙이면서 좁은 통로에서 사람들의 흐름을 거슬러 걸어갔다.

마지막 계단을 올라 갑판 테라스에 얼굴을 내밀자 강한 바람이 얼굴을 쳤다. 이미 아무도 없는 갑판에는 햇살만이 빛나고 있었다. 그 한가운데 하얗게 칠한 돛대가 하늘을 가리키는 표시인 것처럼 솟아 있었다. 나는 두근거리는 마음으로 아무도 없는 갑판을 걸었다. 하늘을 올려다보니 회색 구름이 푸른 하늘을 스멀스멀 점령하고 있었다. ―툭. 빗방울이 내 이마에 떨어졌다.

"……왔다!"

나도 모르게 소리를 질렀다. 하늘에서 일제히 떨어지는 무수한 빗방울이 눈에 들어오고 그 직후 후드득 소리와 함께 커다란 빗방울이 쏟아지기 시작했다. 조금 전까지 햇빛에 빛나던 세계가 순식간에 수묵화의 흑백 화면으로 변했다.

"우와!!"

내 큰 탄성도 빗소리에 묻혀 내 귀에조차 들리지 않았다. 나는 한없이 기뻤다. 머리도 옷도 젖어 무거워졌다. 폐 속까지 습기가 가득했다. 나는 어느새 달리기 시작했다. 하늘에 헤딩하듯 힘껏 뛰어올랐다. 양손을 옆으로 뻗고 원을 그리듯 빙글빙글 돌았다. 입을 크게 벌리고 비를 먹었다. 온 힘을 다해 달리면서 그동안 마음속에 가둬두었던 말들을 있는 힘껏 크게 외쳤다. 그 모든 게 비에 씻겨 사라져, 아무도 보지 못하고 아무것도 들리지 않았다. 가슴에 뜨거운 응어리가 솟아올랐다. 몰래 섬을 떠나고 한나절, 나는 드디어 진심으로 해방감에 찼다. 헐떡이며 하늘을 올려다봤다.

—그때 내 머리 위에 있었던 것은 비라기보다 대량의 물이었다.

눈을 의심했다. 거대한 수영장을 거꾸로 뒤집은 듯한 엄청난 물이 하늘에서 떨어졌다. 그것은 용틀임하는 용과 같았다. 그렇게 생각한 순간 쿵 하는 격렬한 충격과 함께 나는 갑판에 쓰러졌다. 폭포수가 떨어지는 깊은 웅덩이에 빠진 것처럼 등으로 무거운 물이 계속 쏟아졌다. 페리가 삐걱거리면서 크게 흔들렸다. 위험해! 그런 생각이 들었을 때 내 몸은 이미 갑판을 미끄러져 떨어지고 있었다. 페리가 급격히 기울었다. 미끄러지던 나는 손을 뻗었다. 뭔가를 잡으려 했다. 하지만 그럴 만한 데가 하나도 없었다. 큰일 났다, 이러다 떨어지겠어! 그 순간 누군가가 내 팔목을 잡았다. 덜컥 몸이 멈췄다. 페리가 천천히 제자리로 돌아왔다.

"아……" 나는 퍼뜩 정신을 차렸다.

"고맙습니다……."

마치 액션 영화처럼 아슬아슬한 타이밍이었다. 나는 손목으로 시선을 보냈다. 수염을 기른 마르고 키가 큰, 중년 남자였다. 남자는 씩 웃으며 내 손을 놓았다. 태양이 다시 고개를 내밀어 남자의 빨간 와이셔츠를 눈부시게 비췄다. 남자는 뭐, 나야 상관없지만 말이야, 라고 말하듯 될 대로 되라는 식의 말투로 중얼거렸다.

"엄청난 비였어."

확실히 엄청났다. 그런 엄청난 비는 처음이었다. 구름 사이로 몇 개의 빛줄기가 내려왔다.

이 노래는 들어본 적 있다. 클래식인데 분명히— 어떤 고전 게임의 배경음악이었다. 펭귄을 조종해 얼음 위를 미끄러지면서 물고기를 잡는, 그런 내용이었다. 맞다, 얼음에는 때때로 구멍이 뚫려 있고 거기서 바다표범이나 물개 같은 게 고개를 내밀어 펭귄을 방해하는 것이었다. 점프 타이밍이 어긋나면 펭귄이 걸려 넘어지고— .

"아이고, 이거 상당히 맛있구먼."

나는 고개를 들었다. 테이블 너머에 앉은 중년 남자가 희희낙락 베트남 치킨 정식을 먹고 있었다. 몸에 꽉 달라붙는 빨갛고 화려한 와이셔츠. 가는 얼굴에 축 늘어진 쌍꺼풀 없는 작은 눈. 적당히 자란 수염과 자연스러운 컬의 헤어 스타일 덕분에 아주 자유분방하게 보여 도쿄의 (조금 나쁜) 어른 같아 보였다. 남자는 커다란 입에 잔뜩 밥을 넣고 씹으면서 후루룩 된장국을 마시더니 젓가락으로 닭고기를 집었다. 타르타르 소스를 잔뜩 올린 두꺼운 고기에 나도 모르게 시선이 꽂혔다.

"소년, 진짜 안 먹어?"

"예. 배가 안 고파서요."

웃으며 그렇게 대답한 순간 배에서 꼬르륵 소리가 났다. 절로 얼굴이 붉어졌다.

"아, 그래? 그래도 미안하네. 얻어먹기만 해서." 남자는 별로 신경 쓰는 내색 없이 고기를 씹어댔다.

우리는 페리 레스토랑에 마주 앉아, 빨간 셔츠의 남자만 점심을 먹고 있고 나는 배고픔을 잊으려고 레스토랑에 흐르는 음악에 의식을 집중하고 있었다. 도와줬으니 사례로 내가 먼저 밥을 사겠다고는 했으나 그렇다고 레스토랑에서 가장 비싼 메뉴(1,200엔)를 고를 필요까지는 없지 않았을까. 나는 아까부터 속으로 그렇게 생각하고 있었다. 어른이라면 이럴 때 적당히 거절해야 하는 게 아닌가. 내 식비는 하루에 최대 500엔으로 정해져 있는데 첫날부터 적자가 크다. ……속으로는 내내 그런 생각을 하면서도 겉으로는 예의 바르게 대하려고 노력했다.

"미안하시다니요, 아닙니다! 저를 구해주셨잖아요—."

"정말!"

대뜸 내 말을 자르고 빨간 셔츠가 말했다. 젓가락으로 나를 가리켰다.

"자네, 아까 진짜 죽을 뻔했어. ……아."

빨간 셔츠는 허공을 노려보더니 복잡한 표정으로 생각에 잠겼다. 그러더니 천천히 환하게 미소 지었다.

"……나, 생명의 은인이 된 거, 처음이야!"

"……그렇군요."

불길한 예감이.

"그런데 여기, 맥주도 팔려나?"

"……사올까요?"

모든 걸 포기하고 나는 자리에서 일어났다.

끼룩끼룩, 괭이갈매기가 일제히 울었다.

나는 페리의 통로 갑판에서 저녁식사 대용으로 칼로리메이트를 조금씩 씹으면서, 손을 뻗으면 닿을 것 같은 거리에 신나게 날아다니는 바닷새의 모습을 멍하니 바라보고 있었다.

"어른이 아이를 등쳐 먹다니……."

생맥주는 무려 980엔이었다. 작작 좀 하지. 혼자 생각했다. 이건 좀 비현실적일 정도로 비싸잖아. 집을 나온 첫날, 나는 무려 나흘치 식비를 모르는 아저씨에게 써버렸다. 도쿄, 정말 무서워—. 절절한 심정으로 중얼거렸다. 다 먹은 칼로리메이트 껍질을 주머니에 넣으면서 스마트폰을 꺼내 다시 「Yahoo! 지식」을 열고 조금 전의 질문을 등록했다. 무슨 일이 있어도 아르바이트를 해야 한다. 베스트 답변이 필요하다고!

후드득, 빗방울이 스마트폰 화면을 적셔 고개를 들어보니 다시 비가 뚝뚝 떨어지기 시작했다. 그리고 비 너머에는 불이 켜지기 시작한 도쿄의 야경이 있었다. 형형색색의 불빛으로 빛나는 레인보우브리지(도쿄의 시바우라와 오다이바를 연결하는 다리)가 게임의 오프닝 타이틀처럼 천천히 다가왔다.

그 순간 — 모르는 아저씨를 향한 짜증도, 돈에 대한 불안도 내 마음에서 깨끗이 사라졌다. 드디어 도착했다. 온몸이 흥분에 떨렸다. 드디어 내가 왔다. 나는 오늘 밤부터 저 빛의 도시에서 사는 것이다. 앞으로 저 거리에서 일어날 모든 일이 너무 기대되어 심장 고동이 멋대로 빨라졌다.

"— 소년, 여기 있었어?"

갑자기 들려온 태평한 목소리에 한껏 부풀었던 마음이 시들어버렸다. 돌아보니 빨간 셔츠가 통로에 나오던 참이었다. 나른한 듯 목을 빙빙 돌리면서 가로등 불빛을 보며 말했다.

"드디어 도착했네."

"너 말이야, 섬사람이지? 도쿄에 왜 왔냐?"

내 옆에 서서 물었다. 깜짝 놀랐지만 나는 준비해둔 대답을 했다.

"아, 친척 집 가는 거예요."

"평일에? 학교는?"

"아! 그게, 그러니까 우리 학교, 여름방학을 일찍 했거든요……."

"아, 그래?"

왜 웃지? 빨간 셔츠는 희귀한 곤충이라도 발견한 듯 노골적으로 내 얼굴을 들여다봤다. 나는 도망치듯 시선을 피했다.

"뭐, 도쿄에서 어려운 일 생기면 말이야." 그렇게 말하고 조그만 종이쪽지를 내밀었다. 명함이었다. 나는 얼떨결에 받았다.

"언제든 연락해. 마음 편히."

나는 「㈜K&A플래닝 CEO 스가 케이스케」라는 글자를 보면서 그럴 일은 없어요, 라고 속으로 대답했다.

////

그 후 며칠 사이에 나는 얼마나 많이 "도쿄, 정말 무서워"라는 말을 중얼거렸을까. 수없이 혀를 차대고 수없이 식은땀을 흘렸으며 수없이 너무 부끄러워 얼굴을 붉혔다.

이 거리는 줄기차게 거대하고 복잡했으며 난해하고 냉혹했다. 역에서 헤매고 전차를 잘못 타고 어디를 걷든 사람과 부딪치고 길을 물어도 대답해주지 않으며 말을 걸지도 않았는데 이상한 권유를 하지 않나, 편의점이 아닌 가게는 무서워서 들어가지도 못하고 교복 차림의 초등학생이 혼자 전차를 갈아타는 모습에 경악하고 그러고 있는 자신을 보며 수없이 울고 싶었다. 아르바이트를 찾기 위해 간신히 도착한 신주쿠에서는(어쩐지 도쿄의 중심은 신주쿠 같았으니까) 느닷없이 쏟아진 게릴라 호우로 흠뻑 젖었다. 샤워하고 싶어 용기를 쥐어짜 들어간 만화방에서는 바닥에 물 떨어뜨리지 말라며 점원이 연신 혀를 차댔다. 그래도 일단은 그 만화방을 거점으로 삼고 쉰내 나는 개인실의 컴퓨터로 검색했는데 '신분증이 필요 없는' 조건의 구인은 전혀 없었다. 믿었던 「Yahoo! 지식」의 대답은 대부분이 "일을 우습게 보지 마"라거나 "혹시 가출 ㅋㅋㅋ" 혹은 "근로기준법 위반입니다. 죽을래?"였는데 그런 악플에 섞여 있던 "성인업소라면 신분증은 필요 없어요"라는 정보를 발견하고는 간절한 마음으로 검색해 몇몇 성인업소에 면접을 예약했다. 그러나 실제 면접을 가면 험악한 젊은 남자가 "신분증 없이 채용하겠어? 이 자식아! 우리 가게를 우습게 보냐!"며 호통을 쳐서 나는 울 것 같은 심정으로 도망쳐야 했다. 사실 너무 무서워 눈물을 찔끔 흘리기도 했다.

그러다 보니 순식간에 닷새가 지나 있었다.

안 되겠어. 이대로는 안 되겠어. 만화방의 좁은 개인실에서 나는 가계부 대용으로 쓰고 있던 메모를 꺼내 보았다. 이곳의 나이트 요금제가 하룻밤에 2,000엔, 이 밖에 교통비와 식비 등으로 이미 2만 엔 이상 썼다. 가출자금 2만 엔을 어마어마한 돈으로 생각했던 일주일 전의 내가 얼마나 어리석었는지, 지금에 와서는 화가 날 정도였다.

—좋았어! 결정했어!

나는 그렇게 말하면서 메모를 탁 덮었다. 배수의 진이다. 나는 개인실에 흩어져 있던 짐을 배낭에 담기 시작했다. 여기 만화방에서 떠나자. 절약해야 해. 아르바이트가 정해질 때까지 자는 데 돈을 쓰지 말자. 지금은 여름이고 이틀이나 사흘 정도면 밖에서 잘 수 있다. 결의가 약해지기 전에 서둘러 가게를 나가는 내 등 뒤에서 가게에 걸린 벽걸이 TV가 『국지성 호우가 발생하는 횟수는』이라는 소리를 남 얘기처럼 떠들고 있었다. 『관측 사상 최다였던 작년을 이미 크게 웃돌았으며 7월에도 더 많이 발생할 것으로 보입니다. 외출할 때는 산이나 바다만이 아니라 시가지에서도 충분한 주의를—』

비를 피할 수 있으면서 하룻밤 보낼 수 있는 장소. 그럴 만한 공원의 정자나 고가 밑의 처마 끝에는 언제나 먼저 온 손님이 있었다. 나는 전 재산이 든 무거운 배낭을 비옷 아래 짊어지고 벌써 두 시간 이상 거리를 헤매고 있었다. 오랫동안 있어도 눈치 볼 일이 없는 백화점이나 책방, 레코드점은 밤 9시가 넘어 이미 문을 닫았다. 역 내부나 가전양판점도 벽에 쭈그리고 앉아 있으면 바로 경비원이 말을 걸었다. 그러므로 나는 이제 거리에서 안식처를 찾아야 했지만, 그럴 수 있는 곳을 한 곳도 찾지 못했다. 그렇다고 역에서 너무 떨어지면 불안해져 결국은 같은 장소를 빙글빙글 돌기만 했다. 그러다 보니 전구 장식이 화려한 가부키초의 이 게이트를 지나는 것도 벌써 네 번째였다. 너무 걸어서 발이 저렸다. 비옷은 땀으로 젖어 습기가 차 불쾌하기 이를 데 없었다. 미친 듯이 배가 고팠다.

"학생, 잠깐 나 좀 보지?"

누가 어깨를 두드려 돌아보니 경찰관이 서 있었다.

"아까도 이 근처를 걸었지."

"아……."

"이런 시간에 뭐 해? 고등학생이야?"

나는 창백해졌다.

“야, 거기 서!”

뒤에서 호통이 들렸다. 생각보다 발이 먼저 움직였다. 나는 뒤돌아보지 않고 인파 속을 전력 질주했다. 사람과 부딪칠 때마다 성난 목소리가 날아들었다. 아프잖아! 장난해! 거기 서, 이 새끼야! 거대한 영화관 옆을 지나쳐 거의 본능적으로 가로등이 거의 없는 곳으로 달렸다. 점차 사람의 목소리가 멀어져갔다.

땡그랑. 웅크리고 있던 나는 빈 깡통이 구르는 작은 소리에 고개를 들었다.

어두컴컴한 가운데 녹색의 동그란 눈이 빛나고 있었다. 깡마르고 털도 푸석푸석한 새끼고양이였다. 그곳은 대로에서 조금 안으로 들어간 후미진 곳에 있는, 처마가 낮은 옛날 연립주택 같은 건물이었다. 불 꺼진 음식점이 여럿 있었는데 각 입구에 문은 없었다. 나는 그중 하나, 좁은 입구에 쭈그려 앉아 어느새 꾸벅꾸벅 졸고 있었다.

“고양이야, 이리 와.”

조그맣게 속삭이자 야옹 하고 살짝 쉰 목소리로 대답했

다. 어쩐지 오랜만에 누군가와 제대로 대화를 나눈 것 같아 그것만으로 코끝이 찡했다. 나는 주머니에서 마지막 칼로리메이트를 꺼내 반으로 잘라 새끼고양이에게 내밀었다. 새끼고양이는 코끝으로 킁킁 냄새를 확인했다. 바닥에 놓자 마치 감사 인사라도 하듯 나를 짧게 바라보고는 허겁지겁 먹기 시작했다. 밤에서 꺼내온 듯한 새까만 고양이였다. 코 주위와 발끝만 마스크를 하고 양말을 신은 것처럼 하얬다. 새끼고양이를 바라보면서 나도 남은 칼로리메이트를 입에 넣고 천천히 씹었다.

"……도쿄, 정말 무섭네."

식사에 열중한 새끼고양이는 대답하지 않았다.

"하지만 말이야, 돌아가고 싶지 않아…… 절대로."

그렇게 말하고 나는 다시 두 무릎 사이에 얼굴을 묻었다. 새끼고양이가 뭔가를 씹는 조그만 소리와 아스팔트를 치는 빗소리, 멀리서 들리는 구급차 사이렌이 뒤섞여 들려왔다. 계속 걸은 발의 고통이 이제야 슬쩍 풀어졌다. 나는 다시 얕은 잠에 빠져들었다.

—어머, 누가 있어! 응? 정말? 와, 진짜네! 어떻게 해! 얘는 뭐야, 자는 거야?

……꿈? 아니, 아니다, 누가 앞에—.

"야, 너!"

굵직한 목소리가 머리 위에서 떨어져, 나는 깜짝 놀라 눈을 떴다. 금발에 피어싱을 한 양복 차림의 남자가 차가운 눈빛으로 나를 내려다보고 있었다. 어두웠던 입구에는 어느새 휘황찬란 불이 켜져 있었고 어깨와 등을 훤히 드러낸 복장의 여자 둘이 남자 옆에 서 있었다. 새끼고양이는 이미 사라지고 없었다.

"우리 가게에 볼일 있냐?"

"죄, 죄송합니다!"

나는 황급히 일어났다. 고개를 숙이고 남자의 옆으로 지나가려고 했는데 휙 균형을 잃고 말았다. 남자가 발끝으로 내 발목을 찬 것이다. 순간적으로 잡은 자동판매기 쓰레기통과 함께 비에 젖은 아스팔트에 나뒹굴었다. 쓰레기통 뚜껑이 떨어져 빈 깡통이 요란한 소리를 내며 도로를 굴렀다.

"너무해! 괜찮나?" 여자 하나가 말했다.

"신경들 꺼!" 금발 피어싱이 그 여자의 어깨를 안았다. "아까 하던 얘기를 계속하지. 우리 가게에서 분명 더 벌 수 있을 거야. 잠깐 안에서 얘기하지 않을래?"

그렇게 말하고 금발 피어싱은 내게 눈길 한번 주지 않고 여자 둘을 재촉해 건물 안으로 들어갔다.

"뭐야, 거추장스럽게!"

어떤 커플이 대놓고 혀를 차고 빈 깡통을 차면서 도로에 주저앉은 내 옆을 지나갔다.

"죄송합니다……."

나는 서둘러 쓰레기통을 원래 장소에 놓고 젖은 땅을 기어 다니며 곳곳에 흩어진 빈 깡통을 필사적으로 주웠다. 쓰레기는 깡통만이 아니라 빈 도시락과 음식물쓰레기도 섞여 있었다. 지나가는 사람들은 싫은 표정을 숨기지 않았다. 나는 한시라도 빨리 이 자리를 떠나고 싶었으나 그러려면 빨리 치워야만 했기에, 젖어서 뭉개진 닭고기튀김과 주먹밥을 맨손으로 열심히 주웠다. 멋대로 눈물이 비와 함께 뺨으로 흘렀다.

쓰레기들 가운데 이상하리만큼 묵직한 종이 다발이 손에 잡혔다. 두꺼운 표지의 단행본 크기였는데 접착테이프로 칭칭 감겨 있었다.

철컥.

천으로 된 접착테이프를 떼어내자 젖은 종이봉투가 찢어지며 내용물이 바닥에 떨어졌다. 묵직한 금속음이 가게 안에 울려, 나는 급히 발밑으로 손을 뻗었다.

"어?!"

총 같았다. 나는 황급히 그걸 집어 들어 배낭에 쑤셔 넣었다. 서늘하고 불길한 감촉이 손에 남았다. 휙 주변을 살폈다.

그곳은 사철(私鉄) 역과 파친코 가게 사이에 있는 24시간 맥도날드였다. 내가 머물던 만화방에서 가까워 전에도 여러 번 왔던 익숙한 곳이었다. 막차 시간이 끝난 가게는 사람이 거의 없었고 대부분은 묵묵히 스마트폰만 쳐다보고 있을 뿐 떠드는 사람은 두 명의 여성 일행뿐이었다. "나만 점점 좋아하고…… 그 사람은 기본적으로 읽씹이라니까." 심각하게 말하는 여성의 목소리만이 소곤소곤 들려왔다. 아무도 이쪽을 보고 있지 않았다.

나는 후 하고 안도의 숨을 내쉬었다.

"틀림없이 장난감이겠지." 스스로 다독이듯 말했다.

나는 빈 깡통을 치운 뒤 공중화장실에서 열심히 손을 닦다가 맞다 하고 문득 생각나 이곳으로 왔다. 걸쭉한 포타주 수프 한 그릇으로 아침까지 이곳에 있게 해주진 않겠지만 적어도 밖을 돌아다닐 기운이 날 때까지는 어딘가 안심할 수 있는 곳에 있고 싶었다.

엉거주춤 일어나 있던 나는 정신을 가다듬고 다시 의자에 앉았다. 청바지 주머니를 뒤져 구깃구깃해진 작은 종이를 테이블에 꺼냈다.

K&A플래닝 CEO 스가 케이스케.

페리에서 빨간 셔츠가 준 명함에는 아주 작은 글씨로 주소가 적혀 있었다. 도쿄도 신주쿠구 야마부키초. 신주쿠? 나는 구글 지도에 주소를 넣었다. 지금 내가 있는 곳에서는 도영 버스로 21분. 의외로 가까웠다.

나는 종이컵에 담긴 포타주 수프를 양손으로 감싸고 마지막 한 모금을 소중히 들이켰다. 창문 밖에서는 거대한 전광판이 비에 젖어 빛나고 있었다. 가부키초의 소란이 이어폰에서 새어 나오는 소리처럼 창문 너머로 살며시 들려왔다. 나는 생각했다. 여길 찾아간다고 해서 좋을 게 있을까? CEO라면 사장이란 말이지? 아르바이트라도 소개해줄까? 하지만 고등학생에게 밥이나 얻어먹는 사람의 회사가 제대로일 것 같지는 않았다. 아니, 잠깐만. 그래도 사장이라면 나름 돈이 있지 않을까. 아니, 그런데 그때 밥값 2,180엔! 새삼 화가 났다. 내가 사장에게 밥을 샀단 말인가. 베트남 치킨 정식은 고마움의 표시였으니 어쩔 수 없었다고 해도 맥줏값 980엔은 부당하지 않은가. 사정을 말하고 그 정도는 돌려받아야 하는 게 아닐까. 체면은 영 말이 아니지만 지금 체면 차릴 때가 아니었다. 그 사람도 내 형편을 알면 의외로 선선히 내주지 않을까.

하지만— 나는 테이블에 엎드렸다.

너무 한심하지 않나? 그래도 도움을 받았던 건 사실이고 맥주도 다 내가 먼저 나서서 샀던 거다. 나는 그런 한심한 일이나 하려고 도쿄에 온 걸까. 돈도, 몸 둘 곳도, 목적도 없이, 그저 고통스러울 정도의 배고픔만 안은 채 나는 도대체 여기서 뭘 하고 있나. 도쿄에 뭘 기대하고 왔나.

그날, 얻어맞은 통증을 잊기 위해 자전거 페달을 정신없이 밟아댔다. 그날도 역시 섬은 비가 왔었다. 하늘에는 묵직한 구름이 흘렀는데 그 틈으로 몇 개의 빛줄기가 뻗어 나왔다. 나는 그 빛을 쫓았다. 그 빛을 쫓고 싶어서, 그 빛에 들어가고 싶어서 자전거로 해안도로를 필사적으로 달렸다.

따라잡았다! 그렇게 생각한 순간 나는 해안의 절벽 끝에 있었고 햇살은 바다 저 너머로 흘러가 있었다.

언젠가 저 빛 속으로 가자. 그때 나는 그렇게 결정했다.

어디선가 살짝 바람이 불어 머리카락을 살랑 흔들었다.

에어컨 바람이 아니었다. 아주 먼 하늘에서 풀 냄새가 실려 오는 듯한, 이건 진짜 바람이었다. 하지만 이런 데서— 나는 테이블에서 고개를 들었다.

눈앞에 빅맥 상자가 놓여 있었다.

나는 놀라 돌아봤다.

소녀가 서 있었다. 맥도날드 유니폼을 입고 있었다. 짙은 파란색 셔츠에 검은 앞치마, 양 갈래로 묶은 작은 머리에 회색 챙 모자를 쓰고 있었다. 또래일까— 커다랗고 검은 눈동자가 왠지 화난 듯 나를 내려다보았다.

"이게 뭐죠……." 나는 주문하지 않았다는 뜻으로 말했다.

"너 주는 거야. 비밀로 해." 소녀는 작은 꽃향기 같은 가녀린 목소리로 그렇게 말했다.

"어? 왜 나한테……."

"너, 사흘 내내 그 수프가 저녁밥이잖아."

소녀는 내 포타주를 보며 나무라듯 말하고 종종걸음으로 사라졌다.

"아니, 잠깐……." 뭐라고 말하려는 내 행동을 조심스럽게 제지하듯 그녀가 휙 돌아봤다. 꾹 다문 입술이 쓱 풀리면서 호호호 하고 그녀가 짧게 웃었다. 그 순간 구름 사이로 빛이 내려오듯 경치에 색이 더해진 것 같은 느낌이 들었다. 소녀는 말없이 등을 돌리고 잽싸게 계단을 내려갔다.

"……"

나는 아무래도 10초쯤 넋을 놓고 있었던 것 같다. 얼른 정신을 차렸다. 빅맥 상자가 특별한 선물처럼 우두커니 테이블에 놓여 있었다. 상자를 열어봤다. 향긋한 고기 냄새와 함께 두툼한 빵이 부풀어 있었다. 햄버거를 드니 묵직했다. 매끈한 치즈와 양배추가 소고기 패티 사이로 보였다.

내 16년 동안의 인생에서 단연코— 제일 맛있는 저녁이었다.

////

"아이 정말! 벌써 버스정류장에 도착했네! 저기, 말이야. 우리 또 언제 만나?"

"그러네. 모레 어때? 연습이 있긴 하지만 오후에 시간 비는데."

"아, 좋아! 맛집 블로그에서 괜찮은 카페 찾았어. 예약할까?"

정오의 도영 버스에 흔들리고 있는 내 귀에 아까부터 달달한 대화가 들려왔다. 뒷자리에서 들려오는 목소리인데 돌아보기는 민망해 나는 차창만 바라보고 있었다. 복잡한 모양을 그리며 뒤로 흘러가는 물방울을 바라보면서 커플이란 정말 이런 대화를 하는구나, 하며 혼자 감탄하고 있었다. 지금까지 맛집 앱이 왜 필요한지 이해하지 못했는데 도시 사람들은 정말 맛집 블로그를 보는구나. 커플은 예약까지 하는구나. 스마트폰으로 시선을 옮겼다. 현재 위치를 나타내는 점 표시가 목적지를 나타내는 검은 그래픽 아이콘과 가까워졌다. 도착까지 앞으로 10분. 괜히 긴장되기 시작했다.

딩동, 전자음이 울리고 운전석 옆 모니터에 '정차하겠습니다'라는 표시가 나타나더니 "또 만나, 나기!"라며 활기찬 목소리가 들렸다. 버스에서 내리는 쇼트커트의 여자아이를 보고 나는 놀랐다. '교통안전'이라고 적힌 배낭을 멘, 아직 초등학생인 것이었다. 이거 실화냐? 도쿄는 정말 대단하구나. 초등학생이 맛집 블로그를 본단 말이야!

"아, 럭키!"

이번에는 엇갈리듯 긴 머리의 여자 초등학생이 버스에 탔다.

"안녕 나기, 만날 줄 알았어!" 그렇게 말하며 뒷좌석으로 달려가는 여학생의 모습을 나도 모르게 쫓았다.

"우와!"

뒷좌석에 반바지를 입고 다리를 꼬고 앉아 있는 사람은 아무리 봐도 열 살 정도인 남자 초등학생이었다. "아, 카나!" 달려오는 여자아이에게 우아하게 손을 흔든다. 에스코트하듯 그녀의 배낭을 웃으며 받아 든다. 찰랑거리는 단발에 가는 눈, 어리지만 상당히 잘생긴 이목구비의 왕자 같은 남자아이였다. 이 남자애, 혹시 버스정류장마다 여자 친구가 있나? 버스가 출발하자 나는 간신히 시선을 돌렸다. 뒤에서 희희낙락하는 소리가 들려왔다.

"어? 카나, 머리 폄했어?"

"어머, 티 나? 응, 살짝. 오늘 아무도 몰랐는데 역시 나기네. 어때? 어울려?"

"어울려, 잘 어울려! 엄청 예뻐. 어른스러워. 꼭 중학생 같아."

호호호. 내가 다 쑥스러울 정도로 여자아이는 좋아하며 웃었다. 나는 도무지 가만있을 수 없었다. 초등학생인데 여자 친구가 여럿이고 게다가 여자 쪽이 맛집을 예약하다니. 원래 가진 녀석이 죄다 갖는 법이지. 이게 문화 자본이란 말인가.

—정말, 도쿄는 엄청나다. 나는 그렇게 중얼거리면서 목적지 정류장에 내려 우산을 펼치고 구글 지도를 노려보면서 서민적인 분위기의 상점가를 걸었다. 구글이 시키는 대로 오른쪽으로 돌자 느닷없이 거리 분위기가 바뀌었다. 비탈길에 작은 인쇄회사 몇이 있었고 비에 섞여 살짝 잉크 냄새가 났다.

"……여기인 것 같은데?"

명함에 적힌 주소에는 오래된 점포인 척하는 작은 건물이 있었다. 쇼와 시대(1926~1989년) 분위기가 물씬 풍기는 텐트 간판이 펼쳐져 있고 거의 지워진 글자로 스낵이라고 적혀 있었다. 나는 다시 한번, 명함의 주소와 구글 지도를 비교했다. 주소는 맞았다. 텐트 간판을 자세히 보니 가게 이름이 여기저기 접착테이프로 가려져 있었다. 텐트 바탕부터 글자, 접착테이프까지 몽땅 해져, 언뜻 보면 알 수 없었는데 이곳은 현재 스낵은 아니었다. 노변 울타리에 「(유) K&A플래닝」이라는 녹슨 플레이트가 붙어 있고 회사 이름 옆에 화살표가 아래를 향해 그려져 있었다. 아래를 보니 그곳에는 반지하가 있었고 좁은 콘크리트 계단 끝에 문이 있었다.

아무래도 이곳이 진짜 회사인 듯했다. 어떻게 해야 할지 망설였다. 너무 수상쩍은 데다 돈 냄새가 전혀 나지 않았다. 도대체 어딜 봐서 CEO란 말인가. 싫어도 달리 갈 데가 없었다. 각오를 다지고 우산을 접은 나는 폭 1미터도 안 되는 계단을 내려가기 시작했다.

딩동.

분명히 벨을 눌렀는데 아무 소리도 들리지 않았다.

나는 문에 귀를 대고 다시 한번 벨을 눌러봤다. 소리가 없었다. 고장 난 걸까. 노크해봤다. 역시 반응이 없었다. 그냥 손잡이에 손을 댔는데 어이없이 문이 열렸다.

"실례합니다. 전화했던 모리시마입니다!"

실내를 들여다봤다. 몇 시간 전, 명함에 적힌 번호로 전화했을 때 빨간 셔츠 본인이 기다릴 테니까 바로 오라고 말했었다. 조심스럽게 안으로 들어갔다. 들어가자마자 조그만 바 카운터가 있었는데 그 주위에는 책이나 서류, 종이상자가 아무렇게나 쌓여 있었고 게다가 술병과 음식점 전단, 옷가지 등이 이리저리 흩어져 있었다. 가게인지 주거지인지 사무실인지 도무지 파악할 수 없었다. 방 전체에 "뭐, 아무래도 상관없어"라고 말하는 듯한 분위기가 가득했다.

"스가 씨, 계세요?"

조금 더 안으로 들어가자 비즈 커튼으로 공간을 나눈 방 안쪽의 소파가 눈에 들어왔다. 담요를 두른 형체가 보였다.

"스가 씨?"

새하얗고 긴 맨다리가 소파에서 삐죽 나와 있었다. 다가가니 굽 높은 샌들을 신고 있는 발톱에는 반짝거리는 파란색이 칠해져 있었다. 얼굴을 보니 젊은 여성이었다. 길고 부드러운 머리카락이 얼굴을 덮고 있었다. 새근거리는 숨소리가 들렸다.

"스가……씨……?"

그럴 리 없다는 것은 알았지만, 나는 왠지 여성에게서 시선을 돌리지 못했다. 데님 반바지가 정말 짧았고 머리카락 사이로 보이는 속눈썹이 만화 캐릭터처럼 무척 길었다. 보라색 캐미솔을 입은 가슴팍이 호흡에 따라 천천히 오르내리며 흔들렸다. 나도 모르게 쭈그리고 앉았다. 그러자 가슴이 눈높이로 다가왔다.

"……인간이 이럼 안 되지."

정신을 차린 내가 눈을 피함과 동시에 목소리가 날아들었다.

"아, 안녕!"

"으악!"

나도 모르게 소리 지르며 벌떡 일어났다. 어느새 여성이 눈을 완전히 뜨고 있었다.

"아, 아니, 죄송합니다, 제가!"

"아, 케이 짱한테 들었어." 상반신을 일으키며 천연덕스러운 표정으로 여성이 말했다. "새 어시스턴트가 온다고."

"예? 아니, 저는 아직……."

"나는 나츠미야. 잘 부탁해. 아, 드디어 잡일에서 해방되는구나!"

그렇게 말하고 기분 좋게 기지개를 켠 여성을 새삼 다시 보니 굉장한 미녀였다. 하얗고 날씬하고 매끄럽고 눈에 확 띌 정도로 고아서 눈이 부셨다. TV나 영화 속에 나오는 사람 같았다.

"소년, 너 말이야!" 나츠미 씨라고 밝힌 여성이 등을 돌린 채 말했다.

바 카운터 안쪽에는 다다미 열 장 크기의 거실이 있었는데 아무래도 여기가 이 회사의 사무 공간인 것 같았다. 나는 의자에 앉아 아까부터 작은 부엌에서 음료수를 준비하는 나츠미 씨의 어깨뼈를 바라보고 있었다.

"네?"

"저기 있잖아."

"네."

"아까 내 가슴 봤지?"

"안 봤어요!"

나도 모르게 목소리가 뒤집혔다. 나츠미 씨는 콧노래 같은 걸 흥얼대면서 내 앞에 아이스커피를 놓았다.

"소년, 이름이 뭐야?" 내 건너편에 앉은 나츠미 씨가 맹랑한 목소리로 말했다.

"모리시마 호다카예요."

"호다카?"

"예. 배의 돛을 뜻하는 범(帆)에, 높다는 뜻의 고(高)라는 한자를 써서……."

"어머. 근사한 이름인데."

나는 살짝 설렜다. 누군가에게 멋지다는 소릴 듣다니, 아마 인생 최초일지도 몰라.

"나츠미 씨는 여기 사무실 직원이세요?"

"아, 나와 케이 짱의 관계?"

스가 씨의 이름이 케이스케였다는 걸 나는 떠올렸다.

"아, 예."

"그거 재밌네!"

어? 내가 무슨 웃긴 말이라도 했나? 나츠미 씨는 한바탕 웃더니 갑자기 눈을 가늘게 떴다. 속눈썹이 눈가에 그늘을 드리웠다. 슬쩍 눈을 치켜떠 나를 들여다봤다.

"네가 상상한 대로야."

"예!"

새끼손가락을 세우고 상당히 요염하게 말하는 나츠미 씨를 나는 멍하니 쳐다봤다.

……진짜! 씁쓸한 아이스커피가 입술 사이로 흐르고 말았다. 나, 애인이라는 사람을 처음 본다…….

그때 갑자기 덜컹하고 문이 열렸다.

"어, 왔어?" 느긋한 목소리가 났다. 돌아보니 빨간 셔츠―스가 씨가 비닐우산을 들고 터덜터덜 걸어왔다.

"소년, 오랜만이네. 응? 좀 야위었어?"

그렇게 말하고 내게 캔을 던졌다. 받아보니 맥주여서 나는 무슨 뜻인지 몰라 순간 당황했다. 그러자 나츠미 씨가 재빨리 내 손에서 맥주캔을 빼앗아 갔다.

"잠깐! 또 도박 게임장 갔어?"

나츠미 씨는 그렇게 물으면서 캔을 땄다. 그와 동시에 스가 씨도 캔을 따더니, 둘은 당연한 듯 꿀꺽꿀꺽 마시기 시작했다. 뭐야? 이 사람들, 대낮부터 술을 마시는 거야?

"그래서 소년, 너 일거리 찾지?"

테이블 옆 키 작은 소파에 털썩 앉은 스가 씨가 잔뜩 신난 얼굴로 나를 봤다. 소파 아래에 쌓인 잡지에서 한 권을 꺼내 내게 줬다.

"우리 회사의 지금 할 일은 이거야. 역사와 권위를 자랑하는 잡지에서 온 원고 집필 의뢰!"

『무』라고 적힌 그 잡지 표지에는 피라미드와 혹성, 그리고 무지하게 큰 눈동자가 그려져 있었다. 재촉에 못 이겨 나는 페이지를 넘겼다. 「드디어 접촉 성공! 2062년에서 온 미래인」「총력 특집, 게릴라성 호우는 기상 병기였다!」「입수한 국가 기밀, 도쿄를 지키는 대량의 인간 제물들」 인터넷의 웃긴 기사를 50배쯤 진지하게 논고해봤는데 어떤가? 그런 식의 지면이 이어졌다.

"다음 특집은 도시 전설이야." 반쯤 웃으면서 스가 씨가 말했다.

"일단 사람들을 만나서 목격담과 체험담을 기사로 쓰면 돼."

"아……."

"간단하지?"

"아…… 예? 혹시 제가?!"

"장르는 상관없어. 감쪽같이 실종, 예언, 어둠의 조직이 저지르는 인신매매 등? 너희 같은 애들이 좋아하는 이야기, 그런 거 좋아하지?"

스가 씨는 그렇게 말하고 스마트폰을 꺼냈다. 기사 리스트가 쭉 나왔다. 「하늘에서 물고기」 「도쿠가와 가문과 가상통화(通貨)」 「트럼프는 AI」 「화성 지표에 CD가」 「스마트폰으로 샤크라 활성」 「암흑세계로의 엘리베이터」 등등…….

"친근한 예로 이런 건 어때?" 스가 씨는 리스트 중 하나를 가리켰다.

"인터넷에서 화제인 『100% 맑음 소녀』"

"마, 맑음 소녀?"

"내가 바로, 맑음 여자야!"

저요, 하며 나츠미 씨가 손을 들었고 스가 씨는 무시했다.

"요즘 들어 계속 비가 오잖아. 연속 강수일수 경신이라고 TV에서 말하더라. 그러니까 수요가 있겠지. 안 그래?"

"아니……." 뭐라고 대답해야 좋을지 몰라 망설이고 있자,

"뭐야, 너? 넌 의견 없냐." 스가 씨는 한심하다는 듯 말했다.

"오후에 취재 일정을 잡아놨어. 마침 잘됐네. 시험 삼아 네가 가봐."

"아니, 제가요? 지금?"

나츠미 씨가 짝 손뼉을 치고 들뜬 목소리로 말했다.

"실습 사원!"

"인턴이란 거지." 스가 씨가 정정했다.

"소년, 재밌지 않아? 나도 같이 가줄게!"

"아니, 잠깐만요! 갑자기 그렇게 말씀하셔도 저는 정말 무리라니까요."

////

"맑음 여자는 물론 실제로 있어."

취재 대상자는 그게 아닌 다른 가능성은 있을 수 없다는 듯 또렷이 말했다.

"역시!"

나츠미 씨가 낭랑한 목소리로 말하며 몸을 내밀었다. 앞에 앉은 사람은 젊은 건지 늙은 건지 도통 알 수 없는 단발의 몸집이 작은 여성이었는데 그런 유의 동물이 그러하듯 온갖 색깔의 커다란 액세서리를 온몸에 주렁주렁 달고 있었다.

"그리고 비 여자도 존재합니다. 맑음 여자에겐 이나리(오곡을 섬기는 곡식의 신, 稲荷) 계열의 자연령이 빙의되어 있고 비 여자에겐 용신 계열의 자연령이 빙의되어 있어요."

"아…… 뭐라고요?"

나는 도대체 무슨 소린지 알 수 없어 정말 혼란스러웠다. 옆에 앉은 나츠미 씨는 또 흥분한 것만 같았다. 취재 대상자-라고 해야 하나, 이곳은 다용도 빌딩에 있는 점집이니까, 이 사람은 맑음 소녀가 아니라 직업 점술가인 것 같았다-는 눈에 보이지 않는 종이를 읽는 것처럼 술술 떠들어댔다.

"용신 쪽 사람은 일단 마실 것을 잔뜩 마시는 게 특징이에요. 용이니까 역시 무의식적으로 물을 사랑하거든."

마실 것? 나는 생각했다.

"용신 계열은 기가 세고 승부욕이 강해요. 하지만 덜렁대고 뭐든 대충대충 넘어가는 성격이지."

성격? 아무래도 취재 의도를 착각하고 있는 것 같아 한마디 거들려고 했다.

"어머, 그거 완전 나야……."

나츠미 씨가 아주 진지한 목소리로 말하는 바람에 나는

그녀의 얼굴을 보고 말았다.

"그리고 이나리 쪽 사람은 부지런해서 비즈니스에서도 성공하기 쉬운 반면에, 기가 약한 사람이 많아 리더로는 부적합해요. 미남미녀가 많긴 해."

"그것도 나잖아!" 의문이 풀린 아이 같은 나츠미 씨의 목소리.

"지금은 하늘의 기의 균형이 무너져서 '맑음 여자'나 '비 여자'가 생기기 쉽지. 그러니까 가이아의 항상성 이론이지요."

"역시!"

"그래도 조심해야 해……!"

갑자기 점술가가 목소리를 낮추더니 몸을 쓱 내밀고 우리를 번갈아 봤다.

"자연을 좌우하는 행위에는 반드시 큰 대가가 따르니까. 아가씨, 무슨 소린지 알겠어?"

나츠미 씨는 모른다고 대답하고 군침을 삼켰다. 점술가의 목소리가 더 낮아졌다.

"날씨의 힘을 함부로 사용하면 어디론가 증발해버린다는 설도 있지. 가이아와 일체가 된다는 거야. 그래서 맑음 여자나 비 여자가 빚질 확률이나 자기파산 비율, 실종자 수가 월등히 높지!"

"어머……." 나츠미 씨는 미간을 찌푸렸다.

"그렇다면, 조심하겠습니다!"

돌아오는 길에 나츠미 씨는 점술가에게서 '인생의 금전운이 열리는 개운 상품'을 샀다.

"—그래서 어땠어?"

나는 한숨 대신 이어폰을 빼고 맥북 화면에서 고개를 들었다. 스가 씨가 사무실 형광등을 등지고 나를 내려다보고 있었다.

"……합성한 것 같은 목소리의 점쟁이 아줌마가 라이트노벨의 설정 같은 말도 안 되는 얘기를 엄청 늘어놨어요. 힘을 함부로 쓰면 사람이 사라진다고."

나는 메모와 녹음을 바탕으로 점술가의 말을 원고로 작성하던 중이었다.

"역시 그런 내용이었어?" 스가 씨가 싱글거리며 말했다. 뭐야, 알고 있었어? 나는 화가 났다.

"무엇보다 날씨라는 거 말이죠. 용신이나 이나리, 가이아나 성격, 미남미녀와는 전혀 상관없잖아요? 전선이나 기압 변화 같은 게 원인인 자연현상이잖아요. 맑음 여자나 비 여자 같은 거, 전부 그럴 거라는 가정일 뿐이잖아요. 그런 게 있을 리 있겠어요!"

내가 구글 검색의 결론을 들이댔다.

"저기 말이야." 스가 씨가 갑자기 답답하다는 듯 말했다.

"우리는 그런 걸 전부 알면서도 오락거리를 제공하는 거야. 그리고 독자도 다 알면서 읽고. 사회의 엔터테인먼트를 우습게 보지 말라고."

나는 할 말을 삼켰다. 스가 씨는 맥북 화면을 들여다보고 내가 써놓은 원고를 읽었다. ―그런 거야? 나는 살짝 감동하고 말았다. 전부 알면서도 하는 거구나. 사회의 엔터테인먼트를 우습게 봐선 안 되겠다.

"아직도 이거밖에 못 썼냐? 너무 느려."

고개를 든 스가 씨의 말에 나는 죄송하다며 반사적으로 고개를 숙였다.

"……하지만 문장은 나쁘지 않군."

툭 내뱉은 그 말에 사탕을 얻은 아이처럼 기분이 좋아졌다. 나는 중학교 때부터 소설 비슷한 글쓰기를 좋아해(아무에게도 말한 적 없고 완성된 작품이라고 할 만한 것도 아직 없지만) 문장을 쓰는 일에는 조금 자신감이 있었다. 그건 그렇고 나는—이 사람과 있으면 기분이 롤러코스터를 타는 것처럼 오르내린다는 사실을 깨달았다.

"오케이. 소년 합격!"

"예…… 예?! 잠깐만요. 여기서 일하겠다고는 말한 적……."

아직 채용 조건도 급여 내용도 전혀 듣지 못했다. 확실히 아르바이트를 찾고 있긴 했으나 이런 수상쩍은 사무실에서—.

"이 사무실에서 먹고 살아도 됨."

"예?"

"식사 제공."

"……하, 할래요! 맡겨주세요!" 나도 모르게 몸까지 내밀며 말했다. 원하는 것들이 잔뜩 담긴 복주머니를 발견한 것처럼, 다른 사람에게 빼앗기고 싶지 않은 마음에 나는 조급했다. 스가 씨는 기쁜 듯 "그래, 그래!" 하며 내 등을 툭툭 쳤다.

"그런데 이름이 뭐랬지?"

"네?" 기분이 싹 식었다. 잠깐만, 이름도 모르는 사람을 고용하려던 거야?

"그거 재밌네!"

부엌에 있던 나츠미 씨가 웃으며 우리를 봤다.

"호다카라고 했잖아." 그렇게 말하면서 요리를 가져왔다.

"아, 도와드릴게요!"

대량의 닭튀김에 파채와 간 무를 곁들인 큰 접시. 토마토, 아보카도, 양파가 들어간 샐러드. 소고기와 셀러리, 참치를 넣은 데마키즈시(여러 재료를 김에 말아 먹는 요리). 갑자기 배가 너무 고팠다. 자, 하고 스가 씨가 맥주를 건넸으나 나도 이번에는 자연스럽게 콜라 캔으로 바꿨다.

"자, 자! 호다카의 입사를 축하하며!"

스가 씨와 나츠미 씨가 나란히 캔을 땄다. 나도 황급히 콜라를 땄다.

"건배!"

탁탁탁, 세 개의 캔이 부딪쳤다.

정말 제멋대로인 사람들이구나. 나는 반쯤 어이가 없었지만, 그래도 누군가와 같이 저녁을 먹는 게 정말 오랜만임을 닭튀김을 씹으면서 깨달았다. 그런 사실과, 맛있는 닭튀김 때문에 살짝 눈물이 나올 뻔했다. 스가 씨와 나츠미 씨는 엄청난 속도로 술을 마셔대더니 당연하게도 빨리 취해버렸다. 그들은 편집자 불평과 인터넷 가십을 실컷 떠들더니 지금까지 내가 어떻게 지냈는지도 억지로 말하게 했다. 그것은 마치 간지럽지 않길 바라는 곳에 계속 간지럽힘을 당하는 듯한— 이를테면 누군가가 계속 뒤통수를 다정하게 쓰다듬어주는 듯한 불가사의한 감각을 내게 남겼다. 전혀 불쾌하지 않았다. 아주 먼 미래, 내가 늙어 손자가 있는 나이가 되어도 나는 이 비 오던 날을 문득 떠올리지 않을까. 그런 불가사의한 예감이 들었다.

이렇게 도쿄에서의 내 새로운 날들이 시작됐다.

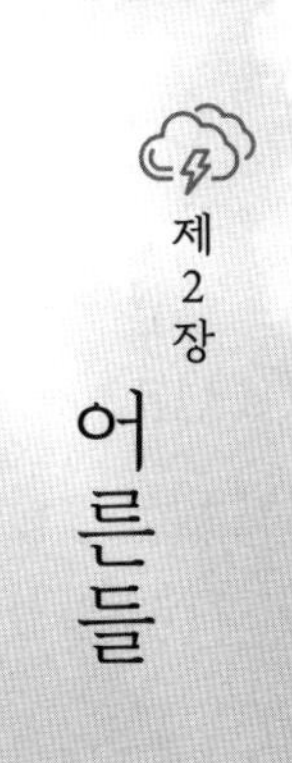

제 2 장

어른들

그 소년은 마치 길 잃은 강아지처럼 보였다.

하얀 티셔츠에 바짓단을 걷은 청바지와 스니커즈. 새카만 머리카락은 살짝 눈을 가리고 있어서 자른 지 한 달도 더 된 것 같은 느낌. 피부는 건강하게 그을어 있어서 미백이나 피부관리와는 인연이 없어 보이지만 안에서부터 빛이 나는 듯 매끄러웠으며, 커다란 눈동자는 호기심을 잔뜩 담고 반짝이고 있었다.

나로 말하자면, 그해 여름 인생에서 가장 밑바닥에 가까운 곳을 방황하는 기분을 느끼고 있었다. 대학 4학년 여름방학. 동급생들은 이미 여러 기업의 내정을 받았는데 나는 아직 구직활동을 시작하지도 못했다. 도쿄에 집이 있어 생활비에 쪼들리지도 않았지만 매일 아르바이트를 했다. 그렇다고 아르바이트를 열심히 한 것도 아니었다. 뭔가에 항의하는 심정으로 일부러 매일 나태하게 지냈다. 그 무언가를 말로 표현하자면 '부모'나 '사회' '분위기' '의무' 같은 것인데 그게 유치한 반항심이라는 것도 알고 있었지만, 나는 도무지 구직활동에 나설 기분이 아니었다. 아직 빠르다고 생각했다. 아직 빨라. 아직 준비가 안 됐어. 나는 아직, 어떤 것에도 굴복하고 싶지 않아.

—요컨대 나는 어른이 되고 싶지 않아 고집을 부리고 있었다. 내가 보기에도 정말 한심했다. 어렴풋하게나마 그런 자신의 한심함에 어찌할 바를 모르고 있을 때 그 소녀이 나타났다. 엄청나게 천진난만하고 무방비하게, 하나하나의 말과 사건, 풍경에 지나치다 싶을 정도로 감동하면서.

갑작스레 동아리 후배를 돌보라는 명령을 받은 듯한, 귀찮은 마음과 호기심, 약간의 뿌듯함. 나츠미 씨, 나츠미 씨! 지금도 바이크 뒤에 앉아 내 이름을 불러대는 목소리를 들으면서 나는 그런 기묘한 따뜻함과 새로운 뭔가가 시작된 것만 같은 설렘을 느끼고 있었다. 바이크가 가르는 비 섞인 바람이 오랜만에 흔쾌했다.

////

"나츠미 씨. 저기 잠깐만요. 방금 베르사유 궁전 같은 게!"

나는 절로 목소리를 높였다. 시야 끝에 푸른 잔디밭으로 둘러싸인 거대한 서양식 저택 같은 게 보였다. 나츠미 씨는 바이크를 운전하면서 웃었다.

"호다카, 그거 웃겼어! 저건 영빈관이야. 이 부근은 아카사카 왕실 사유지니까."

나도 모르게 얼굴을 붉혔다.

"너, 어쩐지 신이 잔뜩 났네."

나츠미 씨에게 붉어진 얼굴을 보여주지 않아도 돼 다행이야. 비옷을 입은 뒷모습을 바라보면서 생각했다. 나는 나츠미 씨의 바이크를 타고 다음 취재 장소로 이동하던 중이었다. 비에 젖은 경치가 휙휙 뒤로 물러섰다. 내가 도쿄 어디쯤에 있는지는 아직 전혀 모르겠지만 여기가 어디든 아무리 봐도 이 풍경은 질리지 않았다. 삼림 같은 공원, 하늘을 비추는 반짝이는 빌딩, 낡아빠진 상점가와 인파, SF영화에나 나올 법한 스타디움, 느닷없이 나타나는 교회와 도리이, 수천 개의 방을 한눈에 담아놓은 고층 맨션들. 여기저기 흩어진 장소를 하나에 쓸어 담은 상자 정원 같은 이 거리에서 비를 맞고 있다는 게 지금도 거짓말 같았다.

사무실은 스가 씨가 경영하는 작은 편집 프로덕션이었다.

내가 맡은 일은 우선 대부분의 잡무였다. 사무실은 스가 씨의 집 역할도 겸한 곳이라 나는 매일 7시 반에 일어나 식사를 준비했다. 요리 같은 건 해본 적 없어서 처음에는 적잖이 당황했으나 다행히 스가 씨는 집안일에 별다른 애착이 없는 사람인 듯 엉터리로 만든 나의 달걀부침과 된장국이라도, 편의점에서 사 온 컵 된장국과 반찬이라도, 별다른 불평 없이, 아니 구별조차 하지 못한 채 잘 먹었다.

다음은 청소와 정리. 스가 씨가 쓰고 그냥 놔두는 컵이나 물잔, 빈 캔을 치우고 설거지하고 쓰레기를 분리 배출했다. 스가 씨가 어린애처럼 벗어 던져놓은 양말이나 티셔츠를 주워 빨래하고 화장실과 샤워실을 청소했다.

그다음에야 드디어 일다운 일을 시작할 수 있었다. 우편함에 들어 있는 엽서와 봉투를 분류하고 출판사에 보낼 청구서를 적고 빈 상자에 던져놓은 영수증을 날짜별로 노트에 붙였다. 가장 오래 걸리는 일이 인터뷰를 푸는 것이었다. 스마트폰이나 IC 녹음기에 녹음한 취재 음성을 문장으로 다시 치면 그 문장을 바탕으로 스가 씨와 나츠미 씨(그리고 가끔은 나)가 원고를 작성한다.

그러고 있으면 핑크색 혼다 커브를 타고 나츠미 씨가 사무실에 도착했다. 나츠미 씨는 사원이 아니라 아르바이트 직원 같은 입장인데 이 회사의 경리 쪽은 나츠미 씨가 일임하고 있었다.

"잠깐, 술값은 교제비라고 했지?"

장부를 보던 나츠미 씨에게 혼나고,

"아직 이렇게밖에 못 쓰나?"

컴퓨터를 보던 스가 씨에게 지적을 받으며,

"잠깐! 특가 판매로 사야지!"

슈퍼마켓 영수증을 보던 나츠미 씨가 화를 내고,

"그러니까 쓸데없는 말은 빼라고 했지? 사람이 머뭇거린 것까지 100% 적는 게 무슨 의미가 있냐?"

문장을 읽던 스가 씨가 호통을 쳤다.

『아직도 자리에 없어요? 내일은 돌아온다고 어제 당신이 말했잖아요!』

마감을 재촉하는 편집자의 전화에 머리를 조아리고,

"너 말이야, 탄산은 차게 해놓지 않으면 의미가 없지!"

사무실에 있으면서 없는 척하는 주제에 술이나 마시는 스가 씨가 하이볼 온도를 놓고 타박했다.

알 수 없는 탁류에 휩쓸리고 있는 듯한 매일 속에서 나는 자신의 무지와 무능함에 일일이 놀라면서 매일 필사적으로 일했다. 그런데 가만히 생각해보면 정말 이상한 게— 아무리 혼나더라도 일이 전혀 힘들지 않았고 오히려 혼날수록 나는 가슴이 뛰고 기뻤다. 왜 그럴까. 나란 사람, 원래 이런 사람인가? 불과 지난달까지만 해도 누군가의 명령을 받거나 억지로 떠맡는 일을 그토록 증오했는데. 지난 2주 사이에 무엇이 변한 걸까.

"이 사람들, '맑음 소녀'를 찾고 있대!"

"그게 뭔데?"

여고생 셋이 큰소리로 웃었다. 그 소리가 너무 커서 절로 주위를 둘러봤다. 백화점 맞은편에 있는 패밀리레스토랑은 평일 낮인데도 사람들로 북적였다. 나츠미 씨가 인터넷으로 만나기로 한 여고생 세 명은 교복 치마를 짧게 줄여 입었는데도 다리를 쩍 벌리고 의자에 앉아 있었다. 나는 오랜만에 가까이서 보는 또래 여자들의 거리낌 없는 모습에 완전히 기가 눌렸다. 소문을 들려주는 대가는 드링크 바와 좋아하는 디저트 하나씩을 고르는 거라고 했다.

"여동생 친구의 남자 친구의, 친구의 같은 반 애가 말이야, 정말 맑음 소녀였대! 어? 나이? 모르겠는데 동생과 동갑일 테니 중학생쯤? 어쨌든 정말 굉장해. 그 아이가 있으면 맑은 날이 많았다는 정도의 평범한 얘기가 아니라 완전히 다른 차원의 맑음 소녀야! 무슨 신전에 비는 것처럼 언제든 맑게 해달라고 빌면 된대. 이를테면 반드시 맑길 바라는 데이트 날 같은 때는 말이야."

나는 필사적으로 메모했다. 녹음에만 의존하지 마. 흐름을 파악하고 메모해. 스가 씨의 말들을 떠올렸다.

"다음 약속은 30분 후에 와세다에서!"

나는 동아리 후배라도 되는 듯 나츠미 씨의 뒤를 따라 달렸다.

"메일로도 알려드렸는데요."

얇은 안경을 쓴 건실해 보이는 남성이 연구실 앞에서 귀찮다는 듯 말했다.

"세키구치 씨 소개라 받아들였지만 우리는 기상청과도 제휴한 극히 정상적인 연구실입니다. 아니, 댁의 잡지가 비정상이라는 말은 아니지만—"

그렇게 망설이던 남성이 20분 후에는 거품을 물고 몸을 내밀며 말했다.

"그때 내가 모니터링하던 관측기구의 비디오 존데(sonde, 상층 대기의 상태를 관찰, 조사하는 데 쓰이는 측정 기구)가 이상한 그림자를 잡아냈어요! 적란운의 심층부, 지상에서는 결코 볼 수 없는 구름 안에, 마치 생물처럼 무리 지어 이동하는 섬세한 물체가! 아니, 물론 정체를 알 수 없어요. 단순한 노이즈였을 가능성도 있죠. 다른 사람들한테 말한 적은 없지만, 나는 하늘에 아직 우리가 모르는 생태계가 존재해도 이상할 게 없다고 생각해요. 하늘은 바다보다 훨씬 깊어요. 실제로 나이 많은 연구자들과 술자리를 가지면 반드시 그런 얘기가 화제에 올라요. 이를테면—"

"전에도 말했지. 너무 답답하다고. 좀 더 명확하게 적어. 빙빙 돌린 비유가 너무 많아!"

프린트한 내용을 읽은 스가 씨가 지적해대고,

"잠깐만! 미팅은 회의비라고 했지!"

장부를 보던 나츠미 씨에게 혼나고,

"자, 문맥을 제대로 잡아야지! 서론과 결론이 이어지질 않잖아! 이 문단은 몽땅 지우고 다시 써!"

컴퓨터를 들여다보던 스가 씨가 호통쳤다. 저녁에 취재에서 돌아오고 벌써 밤이 되었지만 우리는 여전히 원고를 쓰고 있었다. 「최신판 도쿄의 도시 전설」. 30페이지 특집 기사이다.

"아, 그래도 이 문단은 나쁘지 않으니까 페이지 앞으로 가져와 관심을 끌라고."

"네!"

"호다카, 커피 타줄래?"

"네!"

"인스턴트 말고 원두 갈아서."

"네!"

"호다카, 나는 배가 고픈데."

"네!"

"나도. 아무래도 커피는 됐고 국수가 좋겠다."

"네!"

"나는 우동. 사라우동(나가사키의 향토 음식)."

"네!"

"아니다, 아무래도 볶음국수가 좋겠어."

"네!"

쿡 패드(일본 최대 레시피 소개 서비스)를 열어놓은 아이패드를 싱크대 옆에 두고 서툰 칼질로 양파와 당근을 자르고, 돼지고기가 없으니 대신 참치를 넣고 분말 소스와 함께 볶아 가다랑어포를 뿌렸다.

완성된 볶음국수를 가져가니 두 사람은 책상에 엎드려 잠들어 있었다. 내일 보낼 원고가 아직 끝나지 않았어, 깨워야 해— 그렇게 생각하면서도 나는 잠시 그 자리에 서서 두 사람의 얼굴을 바라봤다. 스가 씨의 피부는 푸석푸석했고 아무렇게나 자란 수염에 하얀 털이 듬성듬성 섞여 있었다. 나츠미 씨는 피부도 머리카락도 반짝반짝 윤이 났고 다가가면 가슴이 먹먹해질 정도로 좋은 냄새가 났다. 두 사람 다 멋지구나. 그런 생각이 들었다. 양파를 썰었더니 눈물이 나네. 새삼 지금까지 이런 것조차 경험해보지 못했다는 사실에 진심으로 놀랐다. 그리고 갑자기 완벽히 이해했다.

—그랬구나. 취재에서 사람들이 그렇게 떠들어댄 것은 그것 때문이었다. 여고생도 대학 연구자도, 얼마 전 만났던 점술가도 상대가 나츠미 씨였기에 그렇게 모든 걸 말한 것이었다. 누구든 부정하지 않고 상대에 따라 태도를 바꾸지도 않고 호기심을 가득 담은 반짝이는 눈동자로 맞장구를 치는 사람이라 아무리 황당무계한 얘기라도 모두 자연스럽게 말한 것이었다.

그래, 그래서 그랬구나. 나는 또 이해했다. 아무리 혼나도 조금도 기분 나쁘지 않은 이유. 내가 변한 게 아니었다. 상대가 이 사람들이었기 때문이다. 스가 씨도 나츠미 씨도 내가 가출 소년이라는 걸 전혀 생각하지 않는다. 당당한 종업원으로 당연하게 일을 시킨다. 그들은 나를 혼내면서 너도 조금은 제대로 된 인간이 되라고 말해준다. 맞는 순간에만 뜨끔 하고 아픈 주사처럼 그것이 내 몸을 강하게 만들었다.

무겁고 꽉 끼는 옷을 드디어 벗어버린 듯한 홀가분한 마음으로 나는 일어나지 않으면 감기에 걸린다며 스가 씨의 어깨를 흔들었다.

////

나는 케이 짱이 그 아이를 받아들인 이유를 그냥 알 것만 같다. 나도 케이 짱도 아마, 그때 계기 같은 걸 찾고 있었던 듯하다. 자신이 가야 할 바를 바꿔줄, 아주 가냘픈 바람 같은 것을. 신호기의 색깔이 바뀌는, 아주 짧은 타이밍 같은 것을.

저기요, 나츠미 씨도 일어나세요— 내 어깨를 흔드는 그의 목소리를 들으면서, 틀림없이 곧— 이 여름이 끝날 무렵에는 오래 이어져 왔던 내 모라토리엄도 끝나리라는 예감을, 어렴풋하게나마 느꼈다.

제3장

재회·옥상·빛나는 거리

"아, 이거다!"

나는 혼돈에 가까운 돈키호테의 진열대에서 작은 상자를 찾아냈다. 붉은 패키지에 금색 용이 하늘을 나는 일러스트와 『중년의 건강! 살무사 드링크』라는 글자가 적혀 있었다.

"그 사람, 이런 걸 마셔서 어쩌려고……."

나츠미 씨의 얼굴이 만화의 말풍선처럼 두둥실 떠올라, 나는 붉어진 얼굴을 절레절레 흔들었다. 그것 말고도 메모에 적힌 대로 『진격의 위대한 장군』부터 『내일을 위한 자라』, 『인삼 메가 MAX』 같은 자양강장제를 장바구니에 집어넣고, 스가 씨의 지시대로 영수증을 받고(짠돌이), 계산을 마친 뒤 가게를 나왔다. 그런데 이런 걸 다른 사람에게 사 오게 할 정도로 배짱 좋은 남자가 이런 걸 먹으면서까지 되돌리고 싶은 게 뭘까. 나는 스가 씨의 머리에 섞인 흰머리를 떠올리며 나이를 먹는 건 참 슬픈 일이구나 생각했다. 분명 마흔둘이라고 했지? 그게 인생에서 어떤 단계인지 나로서는 어른의 나이 감각을 도통 알 수 없었다.

용건을 끝낸 나는 버스정류장으로 돌아가지 않고 가부키초 골목으로 들어갔다. 그곳은 우산을 접지 않으면 걷기 힘들 정도로 좁았고 양쪽 벽에는 실외기와 전기 미터기, 배수펌프가 식물처럼 달라붙어 있었다. 사람의 흔적은 거의 없는데 발밑에는 담배꽁초가 흩어져 있었고 벽과 배전반에는 스티커와 낙서가 그득했다.

"아, 있다!"

갈라진 목소리로 야옹 하고 울면서 깡마른 새끼고양이가 걸어왔다.

"아메! 잘 지냈어?"

주머니에서 칼로리메이트를 꺼내 쭈그리고 앉아 내밀자 아메는 앞발을 두 손처럼 만들어 받아들었다. "착하네!" 와작와작 먹어대는 등을 보며 말을 걸었다. 장보기나 취재로 이렇게 신주쿠에 올 때마다 나는 아메를 만나러 왔다. 처음 만난 밤부터 헤아려 보니 벌써 한 달이 넘었다. 처음에는 작은 페트병 크기였던 아메도 훌쩍 큰 것 같았다. 이제 곧

7월이 끝나건만 변함없이 비가 이어지는 여름이었다.

"걱정 마. 간단한 일이야!"

골목에서 나와 우산을 펴려는데 남자의 목소리가 들려왔다. 눈을 내리깔고 재빨리 걷는 민소매의 소녀와 그 등을 덮칠 기세인 덩치 큰 두 남자가 바로 앞을 스쳐 지나갔다.

"시험 삼아 해봐. 오늘부터 돈 줄게. 우리 가게, 바로 근처야."

남자의 금발과 웃는 듯 말하는 차가운 말투. 소녀의 갈래머리와 커다란 검은 눈동자, 어디서 본 것 같다.

골목 뒤편의 호텔가, 그 바로 앞에 처마가 낮은 연립주택 같은 건물이 있었다. 내가 한 달 전에 잠깐 잠들었던 곳이다. 그 가게 앞에서 갈래머리 소녀와 금발 피어싱 일행이 무슨 말을 하고 있었다. 당황한 소녀를 남자들이 설득하는 것처럼 보였다. 나도 모르게 뒤를 밟았고 그늘에 숨어 그들의 모습을 살폈다.

—어떻게 해야 하지?

말을 걸어야 할까. 도와줘야 하는 걸까. 나는 그날의 맥도날드를 떠올렸다. 너, 사흘 내내 그게 저녁밥이잖아— 야단을 치는 것 같기도, 위로하는 것 같기도 했던 그때 소녀의 목소리와 미소.

"하지만—"

그녀가 지금 상황을 싫어하는 게 아닐 수도 있었다. 그냥 아는 사이일지도 모르고 일 얘기를 하는 것뿐일지도 몰랐다.

"아, 잠깐만요……."

갑자기 비명에 가까운 소녀의 목소리가 조그맣게 들렸다. 보니까 금발 피어싱이 소녀의 어깨를 안고 억지로 가게로 들어가려 하고 있었다. 나는 우산을 버렸다. 이미 생각에 앞서 발이 움직이고 있었다.

"야, 뭐야?!"

금발과 소녀 사이에 억지로 끼어들었다.

"가자!"

"응?!"

나는 소녀의 손을 움켜쥐고 돌아보지 않은 채 달렸다.

"야, 야! 기다려, 이 자식아!"

뒤에서 남자들이 소리를 질렀다. 나는 어디가 어딘지도 모르는 거리를 필사적으로 달렸다. 소녀가 당황한 듯 말을 꺼냈다.

“저기, 잠깐만. 너…….”

“됐으니까 일단 뛰어!”

나중에 다 설명할게. 이상한 놈은 아니니까 안심해. 그런 말을 전할 여유도 없었다. 머리카락과 옷이 비에 젖어 점점 무거워졌다. 호텔가를 빠져나왔다고 생각했는데 정신을 차리니 우리는 다른 호텔가를 달리고 있었다.

“으악!”

바로 앞 골목에서 일행 중 하나가 뛰어나왔다. 큰일 났다, 이러다 포위되겠어. 그렇게 생각한 순간 뒤에서 누군가 셔츠 깃을 움켜쥐고 당겼다.

“이 새끼가!”

젖은 아스팔트에 등부터 쓰러진 나를 금발 피어싱이 올라탔다. 금발은 내 몸 위에서 숨을 고른 후 내 뺨을 툭툭 가볍게 두드리면서 말했다.

“너, 너, 너 말이야―.”

비웃는 것 같은 낮은 목소리. 오른손을 들더니,

“뭐 하는 거야? 응?” 이번에는 힘껏 뺨을 쳤다. 고통과 공포를 필사적으로 삼키며 나는 소리를 질렀다.

"억지로 끌고 갔잖아요!"

"……뭐?" 어이가 없다는 목소리.

"장난해! 재도 동의한 일이거든. 안 그래?"

나는 놀라 소녀를 봤다. 옆에는 이미 다른 남자가 턱 버티고 있었고 여자는 곤란하다는 듯 고개를 숙였다.

"……!"

말도 안 돼. 머리가 새하얘졌다. 그럼 내가 한 일은—.

"어라? 이 자식 혹시, 그때 그 놈 아냐? 우리 가게 앞에서 졸던."

금발이 새삼 그런 말을 하더니 혼자 알았다는 듯 웃었다.

"어쭈. 나한테 복수하러 왔냐!"

쿵! 하고 광대뼈가 울렸다. 이번에는 주먹으로 맞았다. 눈 속에서 통증이 번쩍하더니 온몸이 저릿했다. 비릿한 쇠맛이 입안에 퍼졌다. 잠깐, 그러지 마세요— 울음이 터질 듯한 소녀의 목소리가 들렸다. 한심함과 그에 대한 반발 같은 분노가 온몸에 가득 찼다. 오른손 끝이 부적 대신 허리에 차고 있던 장난감 총에 닿았다.

"젠장……!" 목소리가 떨렸다. "저리 비켜!!" 확 총을 꺼내 금발에게 겨눴다.

순간 놀랐던 남자들은 다음 순간 마주 보고 웃었다.

“오! 이게 뭐래? 장난감 총? 이 녀석, 정말 정신 나간 애 아냐?”

필사적으로 금발을 노려보는 내 안구를 커다란 빗방울이 두드렸다. 어느새 장대비가 되어 있었다. 시야가 비로 흐려졌다. 심장이 미친 듯 뛰었다. 남자들의 웃음소리가 비에 묻혀 멀어져갔다.

—탕!

나는 방아쇠를 당겼다. 귀에 와 박히는 묵직한 소음, 덜거덕하고 탄피가 떨어지는 소리, 공중을 떠도는 화약 냄새.

금발 너머에 있던 가로등이 깨졌다.

진짜, 총이었다.

전원이 눈을 동그랗게 뜨고 총구를 바라봤다.

제일 먼저 정신을 차린 사람은 소녀였다. “일어나!”라며 내 손을 잡았다. 금발이 입을 크게 벌린 채 엉덩방아를 찧어 그의 몸 아래서 빠져나올 수 있었다. 우리는 그 자리에서 도망쳤다.

우리의 거친 숨소리가 콘크리트 벽에 울렸다.

깨진 창으로 들어오는 비가 발아래 바닥의 깊은 물웅덩이에 끊임없이 파문을 만들었다.

소녀에게 이끌려 도망친 그곳은 신주쿠에서 철길을 하나 건넌, 요요기 역 근처의 버려진 빌딩이었다. 시끌벅적하게 사람들이 오가는 가운데 이 다용도 빌딩만이 우두커니 서서 칙칙하게 썩어들어가고 있었다. 바깥의 소란한 소리는 안까지 거의 닿지 않았다. 야마노테 선의 소리만이 어렴풋하게 다른 세상에서 넘어오는 것처럼 조그맣게 들렸다. 우리가 있는 방은 예전에 음식점이었는지, 녹슨 둥근 의자와 테이블, 식기와 조리도구가 잡초와 함께 여기저기 흩어져 있었다.

한동안 말없이 거친 호흡과 심장 소리를 가라앉히고 있는데 소녀가 갑자기 입을 열었다.

"……네 멋대로 무슨 짓이야! 햄버거에 대한 보답이야?"

어두컴컴한 공간에 두려움과 분노가 뒤섞인 목소리가 울렸다. 소녀는 나를 노려보고 있었다. 소녀는 말문이 막힌 내게 따졌다.

"아까 그 총은 뭐야? 너 도대체 뭐 하는 애야?"

"그건…… 주운 거야. 장난감인 줄 알았어……."

소녀는 믿을 수 없다는 표정을 지었다. 나는 필사적으로 말을 이었다.

"부적 대신 갖고 있었을 뿐이야. 그저 위협만 하려고 했는데. 설마 진짜……."

"뭐라고?! 그걸 사람한테 쐈잖아…… 죽였을 수도 있다고!"

나는 숨을 삼켰다.

"말도 안 돼. 소름 끼쳐. 최악이야!"

소녀는 내뱉듯 그렇게 말하고 출구를 향해 성큼성큼 걷기 시작했다. 눅눅한 발소리가 천장과 벽에 난폭하게 울렸다. 소녀는 방에서 나갔다. 나는 그저 멍하니 그 등을 바라만 봤다. 멀어져가는 소리 하나하나가 자신이 한 일을 내게 들이밀었다. 그녀의 말대로 이런 걸 부적 대신 가지고 다니면서 자신이 강해지기라도 한 것처럼 행동하고, 말도 안 되는 영웅 흉내나 내고 다른 사람에게 방아쇠를 당겨— 사람을 죽일 뻔했다.

거의 반사적으로 나는 총을 내던졌다. 이제 1초도 가지고 있고 싶지 않았다. 그것이 벽에 부딪히며 날카로운 소리를 냄과 동시에 나는 자리에 주저앉았다. 더는 서 있을 수 없었다. 눈을 꼭 감았다. 도쿄로 나와 잔뜩 흥분해 보낸 몇 주일, 그 전부가 바보 같은 실수인 것만 같았다. 얻어맞은 뺨의 통증이 추억처럼 되살아나 심장 박동에 맞춰 점점 강해졌다. 더는 어떤 생각도 할 수 없어 그저 그 자리에서 몸을 웅크렸다.

한참 있다가 다시 발소리가 들렸다.

고개를 들자 소녀가 내 앞에 서 있었다. 양손을 후드티 주머니에 넣고 가만히 눈을 내리깔고 있었다. 나도 모르게 질문을 던졌다.

"왜……?"

"……사실 나, 알바, 잘렸어."

"……어? 혹시 나 때문에……" 받은 햄버거 탓일까, 나는 그렇게 생각했다.

"그 햄버거 탓은 아냐……."

소녀는 그렇게 말하고 변명처럼 조그만 목소리로 덧붙였다.

"……어쨌든 돈벌이가 필요했어……."

"……미안. 내가……."

나는 다시 말문이 막혔다. 그렇지. 누구나 사정이란 게 있는데. 갑자기 눈 안쪽이 뜨거워졌다. 나는 급히 눈물을 참았다. 얼굴을 숙이고 눈을 꼭 감았다.

호호호. 낮은 웃음소리가 나 놀라 고개를 들었다. 소녀가 내 얼굴을 들여다보고 있었다. 커다란 눈동자가 활 모양으로 변해 다정한 표정을 만들고 있었다.

"저기, 아파?"

얼어맞은 내 뺨에 손가락을 댔다.

"아, 아니. 괜찮아……"

소녀는 또 재미있다는 듯 웃었다.

"너, 가출했지?"

"뭐!"

"딱 보면 알아. 멀리서 왔어?"

"아, 응. 뭐……."

내가 그렇게 대답하자 갑자기 장난스러운 표정을 지었다.

"힘들게 도쿄에 왔는데 계속 비만 오네."

"뭐?"

"따라와 봐!"

소녀는 조그만 아이처럼 아주 자연스럽게 내 손을 잡

았다.

녹슨 철제 비상계단을 오르니 빌딩 옥상이 나왔다.

바닥 타일에 금이 가고 온통 잡초가 덮여 있었다. 그곳에 가랑비가 그대로 쏟아지고 있었다. 저 멀리, 이름도 모르는 고층 빌딩들이 회색 실루엣을 드리우고 있었다.

"봐, 이제부터 맑아질 거야."

"뭐?"

나도 모르게 하늘을 올려다봤다. 회색 비구름과 하염없이 내리는 비. 소녀를 보니 양손을 포개고 기도하듯 눈을 감고 있었다.

"저기, 지금 뭐 하는 거……" 말을 걸려다 그대로 입을 다물었다.

소녀가 살며시 빛나고 있었다. 아니, 그게 아니다. 옅은 빛이 소녀를 비추고 있었다. 어디선가 불어온 바람이 소녀의 갈래머리를 훅 들어올렸다. 점차 빛이 강해졌다. 소녀의 피부와 머리카락이 빛을 받아 금색으로 빛났다. 설마— 나는 하늘을 올려다봤다.

"우와!"

머리 위의 구름이 갈라지더니 눈부신 태양이 그대로 빛났다. 반짝반짝 빛나는 빗방울이 사그라지더니 천천히 수도꼭지를 잠근 듯 비가 그쳤다. 정신을 차려보니 주위 세상이 새로 칠한 듯 선명한 색깔을 드러냈다. 파란 창문 유리, 새하얀 외벽, 원색의 간판, 은색 선로, 과자처럼 흩뿌려진 형형색색의 차들. 도쿄는 색으로 넘쳐나고 있었다. 싱그러운 녹음의 냄새가 어느새 대기를 가득 채우고 있었다.

"맑음 소녀……?" 절로 내 입에서 나온 바보 같은 말에 소녀는 웃음으로 대답했다.

"나는 히나야. 너는?"

"……호다카."

"몇 살이야?"

"응…… 열여섯 살."

"흠."

소녀는 고개를 기울이더니 눈을 살짝 들어 나를 봤다. 또 미소를 던졌다.

"연하잖아."

"응?"

"나는 말이야, 다음 달이면 열여덟 살이 돼!"

"그렇게 안 보이는데!"

나도 모르게 속내를 드러내고 말았다. 얼굴이 어려 보여 많이 먹어야 동갑, 어쩌면 한두 살 아래라고 생각했다. 후후후. 그녀는 의기양양하게 웃었다. 모든 웃음에 햇살 같은 색깔이 있었다.

"내가 누나니까 존댓말을 써야지!"

"어?!"

"후후후."

소녀는 즐거운 듯 하늘을 봤다. 하늘을 향해 기지개를 켜듯 오른손을 높이 들었다. 손바닥이 그녀의 얼굴에 짙은 그늘을 드리웠다.

"잘 지내자, 호다카."

내 눈동자를 똑바로 바라보며 무언가가 시작될 듯한 환한 미소로 히나 씨는 말했다. 그리고 내게 오른손을 내밀었다. 황급히 그녀의 손을 잡자 히나 씨의 손바닥에서 태양의 온도가 느껴졌다.

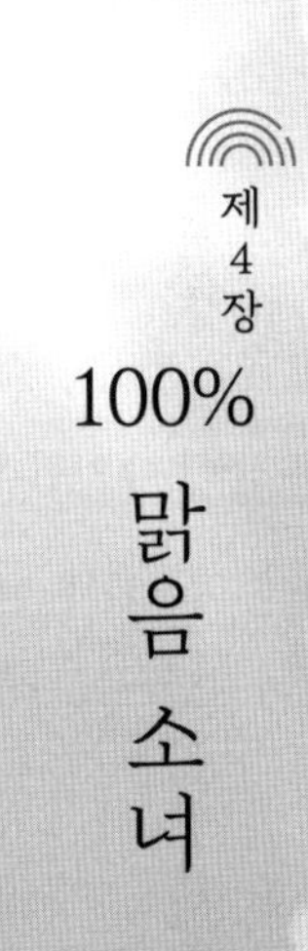

제 4 장 100% 맑음 소녀

목격담 A. 전업주부 K코(26). 도쿄도 고토구 거주.

실은 굳이 얘기할 일도 아니에요.

아들은 아직 네 살이라 공상과 현실이 뒤섞일 때도 있어요. 하지만— 그래, 맞아요. 나도 봤어요. 아니, 본 것 같아요.

아, 그러네요. 차례대로 말해볼게요.

—그날 날씨? 물론 비가 왔죠. 한동안 줄곧 비가 왔잖아요? 올해는 여름이 오기 전부터 영 날씨가 좋지 않네요. 그날은 특히 지독했죠. 바람도 세고 번개도 치고. 우리는 38층이라— 맞아요. 타워 맨션이죠— 그런 날씨에 밖을 보면 굉장해요. 비구름이 CG처럼 우르르 창문으로 몰려들고 번쩍번쩍 번개가 빌딩에 떨어지는 것도 보여요.

날씨가 그러니 유치원도 쉬어서 아이도 집에 있었어요.

내가 요리하고 있을 때— 아, 메뉴? 아마도 바냐 카우다(Bagna càuda, 안초비 소스에 다양한 채소와 빵, 고기를 찍어 먹는 이탈리아 요리)였나. 아니, 그건 의외로 만들기 쉬워요! 와인과도 잘 어울리고 남자도 여자도 좋아하거든요. 맞다, 맞아. 아이 엄마들 모임 같은 데는 요리도 만들어 가져가야 해서. 너무 평범해도 그렇지만 너무 고급스러운 것도 싫어해요. 그런 점에서 바냐 카우다가 최고죠. 메인 요리 하나만 있으면 다음은 파스타나 빵, 크래커라도 그런대로 멋져 보이니까. 아이 엄마들끼리 어울리려면 그렇게 신경을 많이 써야 해요.

(이하 30분, 아이 엄마 모임 이야기 계속)

자, 그래서 무슨 얘기였더라? —아, 맞다, 그거! 하늘에서 물고기가 떨어진 이야기.

아들이 말이에요, 요리하던 내게 말했어요. "엄마, 물고기가 있어!" 나는 "어머, 멋지네"라고 건성으로 대답하고 요리에 집중했어요. 우리 아이, 그럴 때면 늘 금방 포기해요. 엄마가 지금 바쁘구나. 금방 알아차리죠. 그런데 그날은 이상하게 내 옷을 잡아당기더군요. "엄마, 잠깐만 와 봐. 밖에 물고기가 있어." 그럴 리가 있겠어요? 우리는 38층이잖아요? 그래도 창문까지 따라갔어요. 아이가 그렇게까지 자기주장을 하는 일은 거의 없으니까. "어디에 물고기가 있니?" 내가 물었더니 아들은 창문 바로 밖, 콘크리트로 된 좁은 공간을 가리켰어요. 그곳을 살펴보니 비가 물보라를 일으키며 튀고 있을 뿐이었어요. 그런데,

"봤어?"

아들이 물었어요.

"응?"

"비 모양을 잘 보라고."

왠지 흠칫 무서워졌어요. 그래도 빨려들듯 비의 물보라를 뚫어지게 쳐다봤죠. 그랬더니― 나, 그 순간 온몸에 소름이 돋았어요. 빗방울에 말이에요, 송사리처럼 작은 물고기가 섞여 있었어요!

아니, 그건 물고기라기보다 역시 비였어요. 작은 물고기 모양을 한 비. 그게 외벽에 부딪히면서 생물처럼 튀어 올랐어요. 하지만 그 창문은 매립형이라 열 수가 없어요. 그리고 가만히 보고 있자니 그냥 빗방울 같기도 해서. 아들도 어라, 없어졌네, 라고 하고…….

맞아요. 그래서 처음에 "본 것 같다"라고 한 거예요. 누군가에게 말할 정도의 일도 아니죠. 우리 남편도 전혀 믿지

않더라고요. "그게 게슈탈트 붕괴(어떤 대상에 과다하게 집중해 대상의 정의나 개념을 잊는 현상)야. 나도 가끔 글자가 글자로 보이지 않더라." 이런 말도 안 되는 말을 의기양양하게 떠들더라고요. 당신한테라도 말하고 나니까 아주 시원하네요.

언니, 다음에 우리 집에서 여자들끼리 놀지 않을래요?

목격담 B. 중학생 Y지로(13). 도쿄도 다이토구 거주.

제 얘기가 정말 쓸모가 있어요? 아니, 물론 이야기하는 건 괜찮아요. 누군가에게 들려주고 싶기도 했고. 하지만 저도 그 녀석도 지금은 자신이 없어요. 따로 목격자가 있는 것도 아니고 일어난 일이라고는 그저 흠뻑 젖은 게 전부니까요.

그날, 동아리가 끝나고 돌아가려던 참이었어요. 예, 여름방학 중이지만 동아리 활동은 해요. 아니, 참고로? 제가 무슨 동아리든 상관없지 않나요? ……장기부예요. 아니, 아니요. 인기 같은 거 없어요. 현실의 장기부는 여자들한테 인기를 끌 만한 요소가 전혀 없어요. ……그런가요. 그래도 괜히 기분 좋네요.

그런데 그날, 친구가 잔뜩 흥분해 동아리 방에 찾아왔어요. 엄청난 게 있으니까 빨리 오라고. 그 녀석, 반에서는 꽤 냉철한 타입이라 웬일인가 싶었죠. 이 녀석이 엄청나다고 하니 정말 엄청난 게 있지 않을까 하고. 녀석을 따라 우산을 쓰고 선로변을 달려갔죠.

"엄청난 게 뭔데?"라고 물어도 설명해봤자 몰라, 일단 봐야 한다고 녀석은 말했어요. 차 한 대밖에 다니지 못하는 좁은 골목으로 들어가더라고요. 방음 시트가 덮인 공사 중인 빌딩 사이, 인적이 전혀 없는 곳이었죠.

"봐, 저기야!"

친구가 가리킨 곳은 건물 틈에 있는 전선 너머 흐린 하늘이었어요.

"뭐? 아무것도 없잖아."

"아니야, 있어! 잘 보라고!"

녀석은 너무나 필사적인 표정으로 그렇게 말했어요. 그래서 일단 물끄러미 하늘을 봤죠. 그랬더니— 왠지 위화감이 들더라고요. 잠시 후 깨달았어요. 빗소리는 들리는데 우리가 있는 곳만 비가 내리지 않았어요. 보이지 않는 지붕이라도 있는 것처럼. 문득 하늘에 뭔가가 반짝반짝 빛나는 게 보였어요. 그건 작은 파문이었어요. 비 오는 날 수영장 수면을 물 밑에서 바라보는 것처럼 하늘에 파문이 생겼다가 사라지는 거예요.

"저게 뭐지……?!"

그걸 바라보며 몇 걸음 뒷걸음쳤어요. 그랬더니 하늘이 일그러졌어요. 물이구나, 라는 생각이 들었어요. 뭐랄까, 물로 만든 엄청나게 커다란 뭔가가 빌딩과 빌딩 사이에 걸려 있는 것 같았어요.

"물고기……?"

옆에서 친구가 중얼거렸고 나는 맞다고 생각했어요. 돌고래나 고래, 그런 형태처럼 보였어요. 그리고 다음 순간에,

"우와!"

나란히 소리를 질렀어요. 물의 물고기가 갑자기 무너지며 내렸거든요. 게릴라 호우의 열 배쯤 되는— 폭포 아래로 갑자기 빨려든 것처럼, 격렬한 물줄기가 순식간에 떨어졌죠. 물이 그쳤을 때 우리는 흠뻑 젖었고 들고 있던 우산은 강풍을 맞은 듯 꺾여 있었어요. 빌딩 틈의 그것은 완전히 사라졌고 주위에는 흐릿한 물안개만 남아 있었죠.

—뭐, 결국 엄청난 비를 만났다는 얘기죠. 증거가 없어서 아무에게도 말할 수 없었어요. 인터넷에 농담처럼 쓴 건데,

누나는 TV에 나오는 사람인가요? 아, 아니에요? 아니, 뭐라고 해야 하나, 엄청 화사하다고 해야 하나……. 와, 그러고 보니 나, 여자와 이렇게 길게 얘기한 건 처음이네요.

////

「맑은 날씨를 전해드립니다.」

나는 노트에 크게 적고 그 아래 사각형 칸을 그린 다음 「5,000엔」이라고 적었다. 잠깐 생각한 후 「5」를 지우고 「4」로 고쳤다가 다시 지웠다.

"너무 비싼가……."

음, 어떻게 해야 할까. 바 카운터에는 시대에 한참 뒤쳐진 브라운관 TV가 놓여 있었고 뿌연 화면 속에서 기상 캐스터가 아까부터 떠들고 있었다.

『이미 연속 강수일수는 2개월을 넘었고, 예보에 따르면 향후 한 달 동안 많은 비가 이어질 것으로 보입니다. 기상청은 '극히 이례적인 사태'라는 견해를 발표하고 토사 붕괴 등의 재해에 최대급 경보를 하도록—』

"저기, 호다카!"

활력 넘치는 목소리가 날아와 나는 노트에서 고개를 들었다. 나츠미 씨가 소파에 무릎을 세우고 앉아 태블릿을 들여다보고 있었다.

"이거, 엄청 신기해!"

도로 옆 배수구에, 유백색 물체가 흩어져 있었다. 그것은 커다란 치어 정도 크기와 형태로 보였다.

다음 사진은 어딘가의 주차장. 자동차 타이어 주변에 같은 물체.

그다음은 어머니가 아이를 찍은 사진. 돌계단에 흩어져 있는 그것을 비둘기가 쪼고 있고 우산을 쓴 여자아이가 그 모습을 바라보고 있었다.

"확실히 물고기로 보이지 않는 것도 아니지만……" 나는 사진을 확대하면서 나츠미 씨에게 말했다. "……이게 비와 함께 떨어졌다는 겁니까?"

SNS에 올라온 사진에는 모두 그렇게 적혀 있었다.

"하지만 사진만 있고 증거는 어디에도 없잖아요?"

"만지면 사라져. 봐."

그렇게 말하고 나츠미 씨는 누군가가 올린 동영상을 재

생했다. 화면에는 표면이 말라버린 젤리 같은 몇 센티미터 정도의 덩어리가 나왔다. 촬영자의 손가락이 화면으로 들어와 조심스럽게 그것을 만졌다. 그러자 톡 하고 작은 소리를 내며 물이 되어 흘렀다.

"우와!" 나도 모르게 소리를 질렀다. 나츠미 씨는 흥분해 말했다.

"봐, 전에 취재한 대학 선생이 말했잖아? 하늘은 바다보다 훨씬 깊은 미지의 세계라고. 인류가 직접 본 것은 아주 작은 일부분이라고. 이를테면 적란운 하나조차 '세계'라고 할 수 있다고. 몇 킬로미터나 되는 크기의 구름은 호수와 같은 양의 물을 품고 있다고. 그 안에는 무수한 미생물이 있고. 햇살도 물도 유기물도 잔뜩 있고, 어떤 방해도 받지 않은 광대한 공간도 있고. 빛이 닿지 않는 심해에도 많은 생물이 사니까 하늘에 인간이 아직 모르는 생태계가 있다 해도 이상할 게 없다고. 하늘과 생물을 별개로 생각하는 게 오히려 부자연스러운 거라고!"

나츠미 씨는 단숨에 말했다. 나는 그 기억력과 열기에 놀랐다.

"그러니까 말이야, 하늘에는 틀림없이 뭔가 있어!"

"그게 이 물고기……?"

"그럴 수도 있지! 정말 굉장하지 않아?"

"그게—" 나는 가만히 생각에 잠기고 말았다. 맞다, 그게—.

"기사로 쓰면 꽤 돈이 되겠어요! 도시 전설 특집 일은 끝났지만, 곧 미확인동물 특집에서……."

"응? 뭐라고?" 나츠미 씨가 퍼뜩 정신을 차린 듯 말했다.

"예?" 나는 하던 말을 멈췄다.

"돈이 될 거라니, 그게 무슨 소리야? 가장 중요한 건, 재미있느냐 없느냐지."

"그렇죠."

"너, 점점 케이 짱을 닮아가네."

"제가요?"

"한심한 어른이 되겠어."

"제가요!"

나츠미 씨는 소파에서 일어나 고무줄로 긴 머리를 쓱쓱 하나로 묶었다.

"겨우 찾은 맑음 소녀한테도 그런 식으로 접근하다 차이지나 마. 오늘 데이트지?"

"아, 네. 아니, 데이트가 아니라 확인이라고 해야 하나……. 사죄라고 해야 할까, 아니면 제안인가……."

내가 우물거리는 동안에 검은 정장을 입은 나츠미 씨는 웬일로 그럴듯한 사회인 같은 모습이 되었다. 평소 팔과 다리를 훤히 드러낸 자유분방한 차림이었던 터라 완전히 다른 사람 같았다.

"저기, 나츠미 씨는 무슨 일 있으세요?"

"난, 면접 보러 갑니다!"

"예!" 면접?! "—그럼 이 사무실은?!"

"이런 데야 임시로 있는 거지."

나츠미 씨는 의미심장하게 말하고 손을 살랑살랑 흔들면서 사무실에서 나갔다. 갑자기 버려진 기분이 든 나는 나츠미 씨가 사라진 문을 멍하니 바라봤다. 아니, 농담이겠지? 나는 서둘러 그렇게 생각했다.

"그보다 나도 나가야겠다!"

나는 작은 불안을 지우듯 소리 내어 말하고 소파에서 일어났다.

살짝 믿기 힘든 사실이지만 그녀는 스마트폰도 일반 휴

대전화도 가지고 있지 않았다.

그래서 내가 받은 것은 손으로 쓴 조그만 메모지였다. 단정한 글씨체로 찾아오는 길을 적은 메모를 보면서 나는 다바타 역에서 전차를 내렸다. 지시대로 플랫폼 끝에서 계단을 올라가니 자동개찰기 세 대가 전부인 무인 개찰구가 나왔다. 야마노테 선의 개찰구는 어디나 테니스장만 한 넓이에 파티라도 열린 듯 사람이 많을 거라 생각하던 나는 그 썰렁한 분위기에 놀랐다.

개찰구를 나와 우산을 펴 축축하고 검은 아스팔트를 걷기 시작했다. 좁은 비탈길이 곧장 이어져 있었는데 5분쯤 걷는 동안 나이 든 여성 두 명과 지나쳤을 뿐이었다. 오른쪽으로는 녹음이 우거진 벚나무가 늘어서 있고, 왼쪽으로는 탁 트인 전망이 펼쳐져 있었다. 여러 선로 앞에 신칸센 고가철로가 있었으며 그 너머에는 비에 젖은 건물이 한없이 펼쳐져 있었다. 그러나 오늘의 내게는 그 회색 풍경이 왠지 다양한 색을 가진 것처럼 보였다. 그날 맑음 소녀를 직접 본 순간부터 —햇살에 빛나는 진짜 도쿄의 선명함을 목격한 순간부터— 눈에 들어오는 모든 경치의 채도가 살짝 올라간 듯한, 디스플레이의 성능이 어느새 좋아진 듯한,

그런 신선함이 내 눈에 담긴 것만 같았다.

도착한 아파트는 넝쿨이 뒤엉켜 쇼와 시대 분위기가 물씬 나는 건물이었다. 메모에 따르면 히나 씨의 방은 2층의 가장 안쪽이었다. 철제 계단을 오르니 멀리 신칸센 고가철로가 보였다. 쉭 하는 작은 소리를 내며 녹색 차량이 미끄러지듯 달려갔다.

문 앞에 서서 깊이 숨을 들이쉬고 노크했다.

"잠깐—."

그때 갑자기 나는 중대한 사실을 깨달았다.

"이거 어쩌면—"

공용 복도의 얇은 천장에 비가 내려, 툭툭 느긋한 소리를 울리고 있었다.

"내 인생 최초의— 여자 집 방문?"

덜컹. 갑자기 문이 열리고 히나 씨가 빼꼼 얼굴을 내밀었다.

"어서 와, 호다카."

"아, 예, 앗!"

"헤매진 않았어?"

"아, 아니. 이거, 별거 아니지만!"

나는 급히 두 손으로 비닐봉지를 내밀었다.

"어머, 이런 걸 다!"

히나 씨는 생긋 웃고 그것을 받더니 들어오라며 문을 활짝 열어주었다. 지금까지 봤던 중 가장 작은 현관에서 나는 어색하게 신발을 벗었다.

방 안은 색채가 넘쳤다.

현관을 들어서니 바로 작은 부엌이 있고 안쪽에는 다다미 여덟 장 정도의 거실, 그리고 더 안쪽에 다른 방이 있었다. 가족이 쓸 만한 아담한 구조였다. 각 방에는 알록달록한 퀼트 커튼을 걸어 공간을 나눴고 창에도 여러 색깔의 천이 걸려 있었다. 방 여기저기에 작은 그림과 동물 장식품이 놓여 있었다. 거실에는 둥근 목제 창이 있고 그 위에는 선캐처라고 해야 하나, 새틴으로 묶은 투명한 유리구슬이 달려 있었다. 나는 거실의 낮은 밥상 앞에 쪼그리고 앉았다.

"호다카, 점심 먹었어?"

부엌에서 종종걸음을 치던 히나 씨가 물었다.

"아직이요……." 대답한 순간 혹시 밥을 주려는가 싶어서

"아아, 괜찮아요. 신경 쓰지 않아도!"라고 소리쳤다. 히나 씨는 킥킥대고 웃더니 "됐어, 편히 앉아 있어"라고 했다.

"호다카, 이거 써도 돼?"

히나 씨는 내가 사 온 감자칩과 치킨라면을 양손에 들고 있었다. 오는 중간에 있던 편의점에 들러 뭘 살지 고민한 끝에 결국 「Yahoo! 지식」에까지 질문을 올리고, 첫 답변 내용에 따라 사온 선물이었다. 감자칩은 그렇다 쳐도 치킨라면은 내가 생각하기에도 도통 의미를 알 수 없었다.

"아, 물론이죠!"

"고마워!"

쓰겠다니, 혹시 요리?

그런 질문을 던지는 것도 어쩐지 민망해서, 나는 일단 마음을 가라앉히기 위해 다시 방을 둘러봤다. 창문에 매달린 선캐처가 바람에 흔들리며 비가 내리는 하늘에서 겨우 얻어낸 얼마간의 빛을 반사해 옅은 문양을 방에 뿌리고 있었다. 옷장은 문을 떼서 맞춤 책장처럼 쓰이고 있었는데 꽂혀 있는 책은 그림책과 학습지, 라이트 노벨과 만화, 두툼한 하드커버 책까지 다양했다. 거실 구석에 놓인 작은 전동 재봉틀을 보고, 나는 이 방을 장식하고 있는 것 대부분이 직접 만들어진 것이리라 짐작했다. 넓지 않은 공간에 정말 물건이 많은데도 이상하게 어지럽다는 인상이 없었다. 이 방에 있는 것들을 방 자체가 좋아하는, 그런 즐거운 공기가 감돌았다.

"……히나 씨는 혼자 살아요?"

"남동생과 둘이 살아. 사정이 좀 있어서."

"아……."

사정. 괜히 더는 묻지 못한 채 슬쩍 부모님이 안 계시는 게 아닐까 생각했다. 히나 씨는 무순 같은 녹색 잎을 주방 가위로 싹둑싹둑 잘랐다. 가정 텃밭이라도 있나. 뭐든 스스로 하는구나.

나는 부엌을 돌아다니는 히나 씨의 모습을 흘깃흘깃 살폈다. 연노랑 후드티 조끼에 연파랑 반바지. 평소처럼 긴 머리를 둘로 묶어 어깨에 늘어뜨리고 있었다. 다시 보니 히나 씨의 몸은 놀라우리만치 말랐다. 나츠미 씨도 늘 민소매에 반바지이지만 박력이랄까 느낌이 전혀 달랐다.

"호다카는 왜 가출했어?"

"어……" 갑작스러운 질문에 말문이 막혔다. "아니, 그냥……" 급히 이유를 찾았다. 말로 표현해보려고 했다. 그런데 막상 나온 것은 바보처럼 간단한 단어였다.

"—왠지 숨이 막혀서요 ……동네도 부모님도. 도쿄를 좀 동경하기도 했고……."

그 말이 너무 어린애 같아서 나는 갑자기 부끄러워졌다.

"특별한 이유 같은 거 별로 없어요." 서둘러 덧붙였다.

"—그랬구나."

히나 씨는 긍정도 부정도 아닌 미소를 지으면서 짧게 말했다. 달걀을 깨고 익숙한 손놀림으로 흰자와 노른자를 각기 다른 그릇에 담고 흰자를 재빨리 풀었다. 달군 프라이팬에 기름을 휙 둘렀다. 참기름과 생강 냄새가 확 퍼졌다. 냉장고에서 찬밥을 꺼내 프라이팬에 넣고 볶기 시작했다. 치직. 맛있을 것 같은 소리가 방을 채웠다. 히나 씨는 주걱질하며 내게 다시 물었다.

"돌아가지 않아도 돼?"

"……돌아가고 싶지 않아요." 나는 달리 할 말이 없어 지금의 심정을 솔직히 말했다.

"—그렇구나."

히나 씨는 감자칩 봉지를 열어 두 손으로 눌러 가루를 내 프라이팬에 넣고 섞었다.

"오래 기다렸지!"

히나 씨는 노래하듯 말하고 쟁반에 담은 요리를 가져왔다.

"우와……."

나는 절로 소리를 높였다. 감자칩이 섞인 볶음밥 곱빼기는 밥 한가운데 윤기가 도는 날달걀이 얹어져 있었고 그 주위를 작은 잎이 빙 감싸고 있었다. 커다란 접시의 샐러드에는 대강 조각낸 치킨 라면이 군데군데 들어 있었다.

"이름하여— 아, 그러니까 참기름 향이 나는 콩 새싹 볶음밥, 그리고 아삭아삭한 식감의 치킨 샐러드입니다!"

"굉장해……!"

순식간에 만들어진 창작 요리에 나는 진심으로 감동했다. 맹렬하게 배가 고팠다. 히나 씨가 갑자기 짝 손뼉을 치더니 일어났다.

"아! 쪽파, 쪽파!"

히나 씨가 부엌에서 가져온 것은 유리컵에 기른 파였다. 가위로 툭툭 잘라 그대로 수프에 넣었다. 부드러운 흰자가 풀어진 중화풍 수프에 선명한 초록색이 더해졌다.

"—저기, 도쿄에 오니 어때?"

히나 씨가 또 갑자기 물었다.

"어? 아……." 나는 다시 지금의 심정을 말했다.

"그러고 보니— 이젠 숨 막히진, 않아요."

히나 씨는 나를 보고 생긋 웃었다.

"그래! 왠지 내가 기쁘네. 자, 어서 먹어."

잘 먹겠습니다, 우리는 동시에 말하고 손을 움직였다. 숟가락으로 노른자를 깬 다음 잔뜩 쌓인 밥과 콩 새싹과 감자칩을 한입에 넣었다.

인생에서 가장 맛있는 음식을 먹는 경험을, 지난 한 달 동안 두 번이나 경신한 것, 그리고 두 번 모두 같은 소녀 때문에 일어났다는 사실을, 나는 밥을 다 먹고야 깨달았다.

"호다카, 너 진심이야?"

내 노트를 보면서 히나 씨가 의심스럽다는 듯 말했다. 노트에는 크게 「맑은 날씨를 전해드립니다」라고 적혀 있고 그 아래에는 디자인 안과 신청방법, 요금 체계가 메모되어 있었다. 내가 생각한 '맑음 소녀 비즈니스' 웹 사이트 설계도였다. 식사를 끝낸 밥상에는 사무실에서 가져온 아이패드와 연필, 지우개, 편지봉투 같은 문구들이 흩어져 있었다.

아이패드 화면에는 애플리케이션으로 대충 제작한 사이트가 나와 있었다.

“그러니까 히나 씨, 진짜 맑음 소녀 맞잖아요?” 나는 다시 확인했다.

“응.”

“하늘에 기도하기만 하면 날씨가 갠다면서요.”

“맞아.” 별일 아니라는 듯 그녀가 고개를 끄덕였다.

“그럼—”

“그런데 말이야!” 그녀가 내 말을 막았다. “이러다 혹시 날이 개지 않으면?”

“할 수 없어요?” 내가 시험하듯 물어봤다.

“할 수 있어!”

“그럼 해보자고요! 일도 필요하죠?”

“아, 그렇지만…… 이런 걸로 돈을 벌긴 좀…….”

편의점 미니 조각 케이크를 푹푹 찌르는 히나 씨를 나는 힐끔 쳐다봤다.

“애당초 말이야……” 아무리 봐도 연상으로 보이지 않는 얼굴, 가는 목에 가냘픈 팔, 얇은 몸에 똑 부러질 것 같은 허리, 나츠미 씨와 비교하면 너무나 가는 다리.

"히나 씨는 물장사 같은 데선 안 받아줄 것 같고……."

"응?" 히나 씨가 케이크를 찌르던 손을 갑자기 멈췄다.

"왜?"

"호다카……." 스윽, 히나 씨가 내게서 멀어졌다.

"왜?"

"어디 보는 거야!"

"아무 데도 안 봤어요!"

거의 반사적으로 대답하고 말았다. 뒤늦게 땀이 뿜어져 나왔다.

"으악……" 히나 씨가 의심스러운 눈초리로 나를 노려봤다. 젠장, 들켰다! 여자는 남자의 시선을 100% 알아차린다는 소문은 사실이었나. 미안하다고 해야 하나.

"죄송합니다……."

내가 기어들어가는 목소리로 말하자 히나 씨가 이번에는 깔깔대고 웃었다. 진심으로 화가 났는지, 그냥 놀리는 건지, 시시각각 변하는 히나 씨의 표정은 내게는 퍼즐처럼 어려웠다. 무지개색 폭풍우에 휩쓸리는 기분이었다.

"저기, 5,000엔은 너무 비싸지 않아?"

아이패드를 든 히나 씨가 갑자기 말했다.

"어? 역시 그런가?" 나는 텍스트를 선택하면서 "3,000엔 정도가 나올까요?"라고 하며 숫자를 고쳤다.

"음. 하긴 생활비를 고려하면 말이야……."

그렇게 말하면서 3,500이란 숫자를 치는 히나 씨에게 내가 말했다.

"아니, 너무 싸면 거짓말로 생각할 거야……. 과감하게 부유층을 노리는 비즈니스로 갈까? 1회 5만 엔이나."

"나는 정말 싫어, 그런 일은!"

이러쿵저러쿵 얘기하며 우리는 사이트 제작에 열중했다.

"그보다 성공보수를 받는 게 좋지 않을까."

"그러네. 오픈 가격으로 말이야."

"첫 번째는 무료로 해서 입소문을 노릴까?"

"그것도 괜찮겠다. 아니야, 아무래도 생활을 고려해야 하니까……."

"사이트, 너무 평범한가? 일러스트가 있으면 좋을 텐데."

"아, 내가 그릴게!"

"……어, 그게 뭐야? ……하마?"

"……개구리인데."

"……어? 정말?"

정신을 차리니 이미 밖은 어두웠다. 창문으로 저 멀리 달려가는 신칸센 불빛이 보였다.

"—다 됐다!"

우리는 동시에 소리쳤다. 완성된 웹 사이트에는 커다란 태양 그림에 「맑은 날씨를 전해드립니다!」라는 컬러풀한 글자. 노란 레인코트를 입은 핑크 개구리가 말풍선 안에서 "100% 맑음 소녀예요!"라고 말하고 있었다. 그 옆에는 부가세 포함 3,400엔이라고 표시된 카트 아이콘과 '희망 일자' '맑기를 바라는 장소' '메일주소' '맑은 날씨를 바라는 이유'를 넣는 양식.

나는 앱의 「공개」 아이콘에 손가락을 대고,

"자, 그럼 업로드할게요, 괜찮죠?"라고 물었다.

그때 아파트 문이 느닷없이 덜컹 열렸다.

"누나, 나 왔어. 오늘은 정어리를 세일…… 어? 당신 누구야?"

나를 보고 미간을 찌푸린 것은 배낭을 메고 슈퍼마켓 봉지를 든, 초등학생 소년이었다.

"아…… 어? 너는!"

나도 모르게 목소리를 높였다. 찰랑거리는 단발과 가는

눈매, 어린데 상당히 단정한 이목구비. 언젠가 버스에서 본 엄청나게 인기가 많던 아이였다.

"아니 왜? 둘이 아는 사이야?" 히나 씨가 말했다.

"전에 버스에서 봤어―."

"흠." 히나 씨는 분위기를 정리하려는 듯 우리 사이에 서서 손짓까지 해가며 각자를 소개했다.

"호다카, 이 아이는 내 동생인 나기야. 나기, 이 사람은 호다카. 내 비즈니스 파트너야."

"뭐?" 나기라고 불린 소년이 점점 의심쩍은 표정을 지었다.

그때 띠링 하고 아이패드에서 소리가 났다. 화면을 보고 나는 놀랐다.

"―뭐야! 진짜 의뢰가 들어왔네!"

"뭐?! 벌써 업로드했어?!"

"아니, 그게― 와, 내일이래!"

"어! 자, 잠깐만! 우리 진짜 하는 거야?!"

마침 TV에서는 일기예보가 흐르고 있었고 기상 캐스터가 상냥하게 이야기했다.

『내일도 넓은 범위에서 비가 오겠습니다.』

"내일 비 온다잖아!" 히나 씨가 비명을 질렀다.

"그런 말이 무슨 소용이야!" 나도 소리쳤다.

"아, 어쩌지. 너무 긴장돼! 저기, 어떤 의뢰야? 아이의 사소한 바람 같은 건가?"

"아, 그러니까…… 플리마켓을 여는데, 날씨가 맑았으면 좋겠대."

"진짜 의뢰잖아!"

허둥대며 혼란스러워하는 우리를 놔두고 나기는 냉정하게 음식 재료를 냉장고에 넣었다. 어떻게 하냐며 히나 씨는 울상이 되었고, 어떻게든 해야 한다며 나는 필사적으로 자신을 다독였다.

"히나 씨, 할 수 있어요. 나도 도울게요!"

"어떻게?!"

"괜찮아. 내게 맡겨요!!"

오케이! 오늘 밤은 철야야! 나는 결의를 다졌다.

////

다음 날 아침도 당연히 비가 내렸다.

"히나 씨, 이걸 써요!"

아파트 공용 복도로 나온 히나 씨에게 나는 노란 우산을 내밀었다.

"어, 뭐야?"

"펼쳐 봐!"

히나 씨가 우산을 펼치자 해가 나길 기원하는 맑음 인형들이 주렁주렁 매달려 있었다. 여덟 개의 우산살에 각각 두 개씩 총 열여섯 개의 인형을 매단 맑음 소녀를 위한 우산이었다. 내가 만든 역작이다.

"—미안. 필요 없어." 히나 씨는 착 하고 우산을 접었다.

"예?!"

허걱, 아니, 하지만!

"하지만, 한 가지 더 비장의 무기가!"

나는 아파트 계단을 가리켰다.

쿵, 쿵, 쿵, 발소리가 다가왔다.

나타난 것은 신장 140센티미터의 거대한 맑음 인형이었다. 나의 두 번째 역작이다.

"—미안. 필요 없어."

"예?!"

"장난해! 호다카!"

쓰고 있던 인형 머리를 벗고 나기가 시뻘건 얼굴로 소리쳤다.

플리마켓 장소는 오다이바였다.

후지TV와 힐튼호텔 사이의 드라마 세트장처럼 고급스러운 산책로에 플리마켓 텐트가 늘어서 있고 우산을 쓴 쇼핑객들이 드문드문 왕래하고 있었다. 우리 셋은 도쿄만으로 뻗어 나온 전망대에 서서, 필사적으로 하늘에 기도했다. 물론 맑은 날을 부르는 것은 히나 씨의 역할이었지만, 작은 도움이라도 되어야 했기에 나는 인형이 주렁주렁 달린 우산을 빙글빙글 돌렸고 나기는(너무나 모범적으로) 인형 옷을 입은 채 히나 씨의 주위를 빙빙 돌며 뛰어다녔다. 맑음 소녀라고 자칭한 JK(여고생을 뜻하는 일본어 조시 코세의 줄임말)와 맑음 인형이 열여섯 개나 달린 노란 우산을 빙빙 돌리는 남자 고등학생, 하얀 인형 옷을 입고 춤추듯 뛰어다니는 남자 초등학생. 아마도 우리의 모습은 상당히 수상쩍은 의식이라도 벌이는 양 보였으리라.

의뢰자인 플리마켓 주최 텐트에서 소곤거리는 소리가 들

려왔다.

"누가, 저런 애들을 불렀어?"

"아니, 그냥 좋은 결과가 나올까 싶어서……."

"얘들아!" 나이 든 아저씨가 큰소리를 냈다.

"이제 됐으니 그만해!"

"거의 다 됐어요!"

나는 그렇게 대답했으나 불안과 초조함만 더 강해졌다.

"히나 씨, 물 마실래요?" "누나, 사탕 줄까?"

우왕좌왕하는 우리에게 눈길 한번 주지 않고 히나 씨는 땀을 흘리며 양손을 잡고 필사적으로 기도했다. 그때였다.

"말도 안 돼! 맑아지고 있어!"

주최자 텐트에서 소리가 들려왔다. 나는 하늘을 올려다봤다.

나도 모르게 탄식이 나왔다.

두꺼운 구름이 둘로 쪼개지더니 눈부신 태양이 얼굴을 내밀었다. 조금 전까지 7월인데도 쌀쌀하던 기온이 쑥쑥 올라갔다. 회색이던 바다는 선명한 푸른색으로 변해 레인보우브리지가 하얗게 빛났고 그 위를 달리던 차들도 일일이 기뻐하는 듯 반짝였다.

"어떠세요?"

주최자 텐트로 달려간 히나 씨가 숨을 헐떡이며 자랑스럽게 물었다.

"아이고, 정말 놀랐어!" "너희들 대단하구나. 진짜 맑음 소녀네!"

산책길을 걷던 사람들도 우산을 접고 오랜만에 맑아진 날을 만끽하려는 듯 하늘을 올려다봤다. 책임자로 보이는 나이 든 아저씨가 "별거 아니야, 우연이겠지!"라고 큰소리를 냈다.

"우연 아니라고요!" 버럭 항의하는 거대한 맑음 인형을 나는 웃으며 제지했다.

"자, 2만 엔이면 되려나." 아저씨가 말하면서 히나 씨에게 사례금을 쥐여주었다.

"어! 너무 많아요!"

"아가씨가 예뻐서 더 얹어줬어."

리더, 그 발언은 성희롱이에요. 물론 이 아이가 귀여운 건 사실이지만. 아니, 그래도 맑을 때와 흐릴 때의 매출은 자릿수가 달라지잖아. 그러니 2만 엔이면 싸지. 처음에는 이상한 녀석들을 불렀나 싶었는데 이 아이들, 정말 굉장해. 이 맑음 인형, 귀엽네. 자네가 직접 만들었어?

저마다 우리를, 히나 씨를 칭찬했다. 맑음 소녀를 믿든 안 믿든, 그들 모두 아주 행복해 보였다.

사람들로 붐비는 플리마켓을 지나 우리는 유리카모메 역 앞에서 걸음을 멈추고 서로의 얼굴을 봤다. 오늘 아침, 이 장소에 왔을 때의 긴장은 이미 먼 과거의 일 같았다. 지금 우리는 마음속 저 깊은 곳에서 끓어오르는 기쁨을 숨길 수 없었다.

"해냈어!!"

셋이 펄쩍펄쩍 뛰며 서로의 손바닥을 부딪쳤다. 온몸으로 웃어댔다. 우리를 바라보는 행인들의 표정도 오랜만에 만난 맑은 날씨 덕인지 환하게 웃는 것처럼 보였다.

"누나, 대단하다!" "응, 나, 할 수 있을 것 같아!" "좋았어! 날씨로 부자가 되는 거야!"

"앗싸!!!"

셋이 하늘을 향해 주먹을 쳐들었다.

우리의 「날씨 비즈니스」 일상은 이렇게 시작됐다.

제5장

날씨와 사람과 행복

의뢰인 A 도내 IT기업 근무. 신랑 T오(31)

정말이에요. 처음 들었을 때는 나도 바보 같은 소리라고 생각했습니다.

하지만 말입니다, 여자들은 의외로 그런 걸 좋아하잖아요. 점이나 운이 좋아지는 물건이나 풍수나 영험한 장소 같은 거. 신부 말이에요, 신혼집을 구할 때도 풍수 감정을 받고 싶어 했고 침실에는 행운의 나무를 놓고 행운의 갈퀴도 사고, 신사(神社)만 보면 일일이 들러 참배한답니다. 하지만 나도 그 정도라면 특별히 싫지 않았고 오히려 조금 안심이 되기도 했습니다.

그래서 뭐, 그녀의 마음이 편안해진다면 그걸로 좋다는 생각에 신청했습니다. 가격도 적당하고 나도 인터넷 클라우드 펀딩 같은 데 투자하는 걸 의외로 좋아하거든요. 경험 그 자체를 좋아한다고 할까, 뭐, 아니면 그만이죠.

게다가 확실히, 아내가 될 사람이 맑은 하늘 아래에서 웨딩드레스를 입은 모습은 보고 싶잖아요?

의뢰인 B 도립 S고교 1학년 천문부 부원 A카(15)

올해 여름, 정말 내내 비만 내렸잖아요.

TV에서도 계속 이상하다고 하고 온난화나 기후 변동, 기온의 극단화라거나 이상이 이제는 일상이 되었다고도 하고. 우리 부모님도 봄가을이 없어졌다, 옛날에는 사계가 더 풍부했다고 입만 열면 말하고. 응. 아무래도 큰일이다 싶었어요.

그런데 더 큰 문제가 있잖아요?

사랑이요! 저와 선배의 사랑의 행방!

제가 왜 천문부에 들어갔는데요, 선배가 있었으니까요. 그리고 이번 페르세우스 성좌 유성군을 관측하는 합숙이 마지막 기회라고요! 비가 오면 합숙은 중지라고요!

얼마 전 칠석에도 결국 비가 와, 견우와 직녀도 못 만났겠죠? 너무 슬프잖아요. 별에 소원을 빌기 위해서라도 어떻게든 맑은 밤하늘을 원해요!

의뢰인 C 아르바이트 코스튬플레이어 K미(27)

어쨌든 우리 이자카야, 악덕이야. 꿈을 착취한다고 해야 하나? 비합리적이고 불공평하고 직장에서의 행복과 자아 실현을 엮으려 든단 말이야.

그리고 다른 알바도 갑질 손님 때문에 고통스러워. 맞춤 서비스라는 건데, 그저 이야기 상대가 필요한 외로운 사람이나, 누구든 좋으니까 불평하거나 설교하며 잘난 척하려는 사람들이 전화를 걸어. 우리는 절대로 말대답을 해선 안 되거든.

그런데 이런저런 알바를 하는 이유도 다 코스튬플레이를 좋아하기 때문이거든.

정말 오랫동안 같은 취미를 즐겨 온 친구가 있어. mixi (2004년부터 운영된 소셜 네트워크 서비스) 때부터니까 오래됐지. 우리는 알바로 번 돈과 시간을 취미에 몽땅 써버려. 재료부터 직접 사고 직접 옷도 만들고. 올여름 목표는 코믹 마켓이야.

그러니까 역시 맑았으면 좋겠단 말이지.

비가 와도 코스튬플레이를 할 수야 있지, 하지만 날씨에 따라 기분이 달라지는 법이잖아? 나는 기분뿐 아니라 건강

상태까지 달라. 두통도 피부 상태도 전부 날씨와 이어져 있다고.

여름 코믹 마켓 정도는 맑은 하늘 아래에서 웃는 얼굴로 사람들에 둘러싸이고 싶지 않나.

의뢰인 D 개인 상점 경영. 경마 팬. K타로(52)

아, 물론 나한테 경마는 그냥 취미야. 하지만 내 회수율은 97%, 평균 승률이 75% 정도이니까 상당히 경마를 잘하는 편이지. 뭐, 아내에게 혼나지 않을 정도만 하는 거야.

경마는 복잡한 두뇌 게임이야. 복권 따위와는 달라. 운에만 맡기는 게 아니라 말의 혈통이나 그날의 상태, 기수와의 호흡, 레이스 밸런스, 과거 데이터를 어떻게 파악하고 어떤 말을 중심으로 어떻게 살지 결정하지. 아주 까다롭다고. 하지만 따는 방법도 분명 존재해. 예측의 정밀도가 높아지면 그만큼 따는 거야. 숫자와 현실을 조합해야 하는 세계지.

그런데 말이야, 내가 점 찍은 말이 비에 약해.

의뢰인 E 미나토구 구 운영 유치원 아동. N나(4)

운동회 날 밖에서 이어달리기 하고 싶어요.

입소문 A

당일에 찾아 온 건 어린애 셋이었고 그중 하나는 열 살쯤 되는 초등학생이었어요.

놀랐습니다. 너희들 근로기준법이라는 걸 아니? 이렇게 물어보고 싶었을 정도였습니다. 하지만 여자아이는 대학생인 듯 대답도 또박또박 잘했어요. 고등학생 소년도 초등학생 남자아이도 모두 예의 바르고. 어쨌든 정말 보기 좋은 아이들이었죠.

—그래요. 날이 맑아졌습니다. 정말 볼만했죠. 오모테산도 옥상에서 열린 결혼식이었는데 롯폰기힐스 주변에는 그대로 비가 내리더라고요. 맞아요, 우리 주위만 맑았어요. 전부가 맑아진 것보다 오히려 더 아름다운 광경이었죠. 비의 커튼 안쪽만 햇살이 반짝반짝 빛났으니까. 비가 그친 것은 대략 한 시간 정도였는데 정말 멋진 경험이었습니다.

뭐라고 해야 하나. 푸른 하늘 아래에서는 같은 미소라도 반짝임이 다르다고 할까. 드레스를 입은 그녀를 보니, 나도 앞으로 이렇게 아름다운 사람과 일생을 같이 보낸다는 생각에 뭉클했습니다.

3,400엔은 너무 싸다며 그녀는 5,000엔을 줬죠. 너무 행

복해서 맑음 인형 아이와 셋이 기념촬영도 했습니다.

입소문 B

"만약 별이 보이지 않는 세계였다면 말이야."

합숙 날 밤, 학교 옥상에서 유성군을 보면서 선배가 말했어요.

"만약 인류가 다른 별의 존재를 몰랐다면 뉴턴의 물리학도 상대성이론도 양자역학도 발견할 수 없었을 거야. 인간은 내내 자신들이 세상의 중심이라고 착각한 채 오만하고 무지한 상태로 살았겠지. 그리고—"

"그리고……?" 나는 선배의 눈을 바라봤어요. 만화 주인공처럼 안경 속 눈동자가 반짝반짝 빛나고 있었죠.

"그리고 우리가 이토록 고독한 존재인지 깨닫지 못했겠지?"

꺅! 너무 멋져! 나는 소리를 지를 뻔했어요! 선배 감성, 장난 아니지 않아요?

맑음 소녀, 3,400엔은 너무 싸요. 추천합니다!

입소문 C

햇살이 내려와 빅사이트의 변신 로봇 같은 삼각형 지붕이 번쩍번쩍 빛을 발했어요. 정말 오랜만에 무척 더운 날씨였죠. 땀을 흘리지 않는 방법을 구글링 해봤지만 도움이 될 만한 건 하나도 없더라고요. 그래도 정말 즐거웠어요. 친구와 둘이 새로운 코스튬플레이에 도전했죠. 응, 프리큐어의 화이트와 블랙. 모든 사람의 카메라 렌즈가 번쩍거려, 특별한 무대에 선 것만 같았어요.

태양이 정말 에너지원이라는 걸 실감했어요. 온몸이 광합성을 한 듯 힘과 기운이 솟아나더라고요. 요금이 너무 싼 느낌이 들어서 아침부터 줄 서서 산 한정판 책도 같이 줬어요. 맑음 소녀라는 그 아이와 언젠가 같이 코스튬플레이를 해보고 싶어요. 가냘프지만 살짝 강인해 보이는 커다란 눈동자에 피부도 새하얗던데, 분명 뭘 입어도 잘 어울릴 거예요.

입소문 D

아침부터 비가 왔으니 당연히 그 녀석은 영 신통치 않았지. 하지만 맑음 소녀가 나타나 레이스가 열리기 직전 경마

장 하늘에 태양이 얼굴을 내밀었고— 녀석이 이겼다고! 1등을 했단 말이야! 그렇게 흥분한 게 몇 년 만인지. 내 인생 첫 10만 마권이었다고! 마권은 말이야, 60일 이내에는 언제든 환전할 수 있어. 그 마권, 아직 환전도 하지 않고 제단에 올려놨지.

나는 이번 일로 좀 생각했지. 확률이나 통계에 관해 말이야.

이런 얘기 알아? 인간의 감정이 난수 발생기에 영향을 준다는 말.

난수 발생기는 양자론에 근거해 0과 1을 랜덤하게 출력하는 기기야. 언제나 확률은 1/2이지. 그런데 말이야, 엄청난 재해나 큰 이벤트처럼 많은 사람의 감정이 출렁일 때면 순간 확률이 확 바뀐다는 거야. 실제로 그런 현상이 세계적으로 여러 번 확인됐다네.

그래서 생각했지. 인간의 바람이나 기도 같은 것에 실제로 세상을 바꾸는 힘이 있지 않을까. 우리 뇌는 두개골 속에서 완결된 게 아니라 어떤 형태로 세상 전체와 연결된 게 아닐까. 스마트폰이나 클라우드가 눈에 보이진 않아도 이어져 있는 것처럼. 이를테면 그 녀석이 1등으로 들어왔을 때의 흥분이 말이야, 아무래도 내 머릿속에만 있을 것 같지 않단 말이야.

그래서 뭐— 나는 말이야, 그 여자아이의 능력이 다양한 사람의 마음을 받아 세상에 전하는, 그런 게 아닐까 생각했지.

물론 그 아이에게 정해진 사례금 3,400엔만 주면 벌 받을 일이지. 아이에게 너무 큰돈을 줘서도 안 되겠지만 이것저것 생각해서 적당히 줬어. 응? 아니, 액수까지는 말할 수 없지.

입소문 E

밖에서 이어달리기 해서 즐거웠어요.

맑음 소녀 언니가 돈은 필요 없다고 했지만 50엔을 드렸어요.

////

아침 7시에 눈을 떴다.

전날 밤 스가 씨와 나츠미 씨가 마시다 만 빈 캔과 안주,

화장실을 대충 치웠다. 특가로 산 연어 조각을 그릴에 굽는 동안 양파를 다져 미리 우려낸 국물에 넣고 끓였다. 가정 텃밭에서 키운 파와 두부를 냄비에 넣고 된장을 푼 다음 끓을 동안 오크라를 잘라 낫토와 섞어 놓았다.

마치 지구의 자전이 멈춰 계절도 걸음을 딱 멈춘 듯 오늘도 어제와 마찬가지로 비가 주룩주룩 내리고 있었다. 나는 그런 창밖을 바라보면서 혼자 아침을 먹었다. 그리고 오전 시간 내내 영수증과 청구서를 정리하고 회사가 참여한 잡지 기사를 오려내 파일에 보관했다.

정오가 지날 무렵, 스가 씨를 위한 아침 식사를 테이블에 차렸다. 이제 슬슬 일어날 시간이었다. 나는 '냄비에 된장국 있어요'라는 메모를 남긴 뒤, "다녀오겠습니다"라고 스가 씨 방에다 인사하고는 사무실을 나섰다.

나기와 둘이 국립경기장 역에서 전차를 내렸다.

역 구내도 그랬지만 밖에도 사람이 정말 많았다. 유카타 차림의 사람들이 눈에 띄었다. 모두 도쿄체육관 옆길을 따라 우산을 든 채 진구가이엔(메이지 신궁의 서양풍 정원)을 향해 천천히 걷고 있었다.

"나, 현장에서 보는 건 처음이야. 정말 기대돼!" "그렇지만 이 상태면 비로 연기되는 거 아냐?" "발표는 정오가 지나야 나올 거래." "이미 지났잖아." "애써서 옷도 갈아입고 나왔는데." "아니야, 포기하긴 아직 일러!"

저마다 한마디씩 수군거렸다. 여기저기 붉은 유도등을 든 경관이 서 있었고, DJ 폴리스(유머러스한 말로 군중의 질서를 유지하는 경찰)의 교통 정리하는 목소리가 바람을 타고 들려왔다. 경찰차의 전광 게시판에는 「테러 경계 중」이라는 글자가 흐르고 있었다.

그 가운데 하얗고 거대한 돔 모양 건물이 보였다. 와, 올림픽회관이다! 나도 모르게 소리를 질렀다. "호다카는 정말 전형적인 시골뜨기네." 나기가 놀려댔다.

"자, 나는 여자 친구를 만나러 갈 테니까 누나한테 잘하라고 전해줘."

나는 나기와 헤어져 롯폰기힐스로 향했다.

"100% 맑음 소녀가 정말 대단하다는 소문을 인터넷을 통해 봤습니다. 평판도 훌륭하더군요."

목에 사원증과 입관 허가증을 건 깔끔한 정장 차림의 남성이 신나게 떠들었다.

"하지만 이렇게 큰 이벤트에서 맑음 소녀에게 의지하다니……."

나는 조금 전 본 행사장의 모습을 떠올리며 그 엄청난 규모에 불안해졌다. 우리는 엘리베이터를 타고 있었다. 나무로 꾸민 내장에 잘 닦여 있는 금속 천장과 바닥, 궁전에나 설치되어 있을 법한 번쩍이는 엘리베이터. 46, 47, 48로 층수 표시가 미끄러지듯 올라갔다. 양복 차림의 의뢰인은 나 같은 아이를 상대하면서도 계속 정중한 말투였다.

"아니, 우리가 이벤트의 성공 여부를 맑음 소녀에게만 의존하는 건 아닙니다. 당신들이 부담을 가질 필요는 없습니다."

남성은 그렇게 말하고 부드럽게 미소지었다.

"비 문제야 우리에게 매년 있는 일입니다. 실제로 우천 연기를 발표하는 일도 드물지 않습니다. 어쩔 수 없는 일이니까요. 다만 올해는 그야말로 문제인 것이……"

남자는 쓴웃음을 짓고 두 손 들었다는 듯 고개를 절레절레 흔들었다.

"연기해도 월말까지 계속 비 예보가 이어지고 있으니까

요. 마술이든 미신이든 뭐든 해보고 싶지 않겠어요?"

어쩐지 한껏 들뜬 표정이다. 역시 다들 똑같구나— 나는 그의 말을 들으면서 새삼 생각했다.

계속 비가 내린 올해, 도쿄에서는 많은 사람들이 저마다의 이유로 맑은 날을 원했다. 덕분에 우리의 「날씨 비즈니스」는 예상을 뛰어넘는 좋은 평판을 얻었고, 100% 맑음 소녀는 인터넷에서 소소한 전설이 되고 있었다. 히나 씨가 불러오는 것은 한정된 범위, 짧은 시간 동안의 맑은 날씨였지만 그 점이 오히려 그녀를 더욱 신비롭게 만드는 듯했다. 사람들은 맑음 소녀를 조금 특별한 부적이나 효험이 있는 맑음 인형 같은 존재로 자연스럽게 받아들였다. 내게는 그게 왠지 신비롭게 느껴졌다.

땡. 도착했다는 소리가 울리자 엘리베이터 속도가 부드럽게 줄어드는 게 느껴졌다. 나는 갑자기 긴장감이 몰려와 앞에 서 있는 유카타의 등을 봤다. 가녀린 몸을 선명한 해바라기 무늬가 아름답게 감싸고 올려 묶은 머리는 하얗고 가냘픈 목덜미를 잡아당기고 있었다. 시선을 느꼈는지 히나 씨는 훌쩍 돌아보더니 나를 안심시키려는 듯 생긋 웃었다.

비와 바람이 몰아치는 롯폰기힐스의 옥상 스카이 데크가 왠지 배의 갑판을 연상시켰다.

드넓은 헬리콥터 포트를 중심으로 송전탑 같은 안테나가 여러 대 배치되어 있었고 그중 몇 개의 끝에는 신성한 횃불처럼 붉은빛이 천천히 깜빡이고 있었다. 눈 아래 보이는 지상에는 옅은 안개가 깔려 있고 그 밑에서 솟아오른 빌딩군은 마치 해면에서 치솟은 고대 기둥 같았다. 아직 밤이 오기 전인데도 거리 여기저기에 등불이 켜져 있었다.

히나 씨는 그 광대한 옥상에서, 곧바로 서쪽으로— 석양이 있어야 할 방향으로 걸어갔다. 패배를 모르는 운동선수 같은 그 발걸음을, 우리는 옥상 출구에 멈춰 서서 바라봤다. 마침내 서쪽 끝에 도달한 히나 씨는 어느새 두 손을 모으고 눈을 감았다. 그녀는 그렇게, 우리의— 모두의 바람을 하늘에 전달했다.

////

숨을 깊이 들이쉬고 새로운 공기를 폐에 채운 다음 나는 천천히 두 손을 모으고 눈을 감았다. 비와 바람이 내 피부를 스쳐 머리카락을 흔들었다. 세상과 내가 격리되어 있다는 것을 피부가 또렷이 알려주었다.

나는 머릿속으로 천천히 숫자를 세기 시작했다. 하나, 둘, 셋, 넷. 그러자 생각하는 장소—뇌가 또렷하게 가동했다. 나는 그 숫자들을 온몸에 뿌렸다. 새빨갛고 뜨거운 피에 섞여 숫자가 머리에서 온몸으로 흘러가는 모습을 상상했다. 사고와 감정이 뒤섞였다. 나는 손톱 끝으로도 생각할 수 있었다. 나는 머리로 느낄 수 있었다.

점차 불가사의한 일체감이 온몸을 채웠다. 나의 경계가 세상으로 녹아들었다. 자신은 바람이자 물이고, 비는 사고(思考)이자 마음이었다. 나는 기도이자 메아리였고 나는 나를 둘러싼 공기였다. 기묘한 행복과 간절함이 온몸에 퍼졌다.

그리고 내게 천천히 소리가 도착하기 시작했다. 말이 되기 이전의, 공기의 떨림 같은. 그것은 아마도 사람의 바람이다. 그것은 열을 지니고 있었다. 그것은 리듬을 가지고 있었다. 그것은 의미를 품고 있었다. 그것은 세상의 모습을 바꾸는 힘을 가지고 있었다.

////

히나 씨 건너편 하늘이 오렌지색으로 빛났다. 그녀의 머리카락과 유카타가 금색으로 물들었다.

구름이 갈라지고 석양이 얼굴을 내밀었다.

오오— 양복 차림의 어른들이 소리를 높였다. 나도 눈을 동그랗게 떴다. 몇 번을 봐도 정말 신성한 장면을 목격하는 느낌이 들었다. 뜻밖에 신과 눈이 마주친 듯한 기분. 살짝 온몸이 떨렸다. 석양은 우리도 붉게 물들였다. 꺼지기 직전의 촛불처럼 도쿄의 모든 빌딩이 강렬하게 빛났다. 이윽고 석양은 천천히 먼 능선으로 숨어들었다.

하늘에는 어느새 보도 헬리콥터가 오가고 있었다. 가이엔에서의 방송이 바람을 타고 들려왔다.

『진구가이엔 불꽃 축제는 예정대로 19시부터 개최됩니다.』

그리고 성대한 불꽃이 터졌다.

그것은 구름 낀 하늘을, 쾌청한 하늘보다 훨씬 눈부시게 밝혔다. 불꽃이 터지고 연기가 형형색색 떠오르자 수천 장의 창문 유리가 반짝반짝 빛났다. 사람들의 환호가 바람을 타고 귓가에 도달했다.

우리는 특별히, 롯폰기힐스 옥상에 그대로 앉아 불꽃놀이를 보라는 허락을 받았다. 비로 씻긴 공기는 살짝 시원하면서도 정겨워, 나는 문득 아주 오래전에도 이 자리에서 화약 냄새를 맡은 듯한 강한 데자뷔를 느꼈다. 아니면 아주 먼 미래에 히나 씨 옆에서 같은 냄새를 맡을지도 모른다. 그랬으면 좋겠다. 정신을 차리니 나는 정말 간절하게 그렇게 빌고 있었다.

"—나, 좋아."

"응?!"

나도 모르게 옆을 봤다. 히나 씨의 눈동자는 내가 아니라 곧장 불꽃을 향하고 있었다.

"이 일, 맑음 소녀 일. 나 말이야, 내 역할 같은 걸 이제야 안 것—"

히나 씨가 몸을 돌려 내 눈을 들여다봤다.

"—같은 생각이 들지 않지, 않지도, 않지도 않지도 않아."

"뭐라고?!"

느닷없이 쏟아지는 속사포 같은 말에 나도 모르게 손가락을 꼽으며 헤아렸다.

"않지도…… 않지도 않고…… 어, 어느 쪽이에요?!"

히나 씨는 정말 즐거운 듯 깔깔대고 웃었다.

"너는 정말 진지하다니까."

또 놀림당했다.

"그래서 고맙다고, 호다카."

―쿵! 머리 위에서 소리가 나, 히나 씨는 다시 하늘을 올려다봤다. 아주 큰 빛의 꽃이 반짝이다가 흩어졌다.

"……아름답다."

그렇게 말하는 그녀의 옆얼굴에서 나는 시선을 뗄 수 없었다.

날씨는 참 신기하다, 나는 생각했다. 그저 하늘의 상태일 뿐인데 이렇게나 사람들의 감정이 움직이다니.

히나 씨에게 마음이 움직이고 말았다.

제6장 하늘의 피안

『아, 그 기획? 확실히 제가 받았습니다.』

남의 일처럼 편집자가 말했다. 사카모토 씨 잠깐만,이라고 부르는 소리가 들렸다.

『아, 죄송합니다. 잠시만 기다려주시겠어요?』

사카모토가 수화기를 내려놓는 소리가 딸깍 귀를 찔렀다.

이거 또 아닌가 보다. 나는 바빠 보이는 편집부의 소란을 한쪽 귀로 들으면서 생각했다. 이럴 바에 그냥 전화를 끊을까도 싶었지만 그럴 수도 없었다. 나밖에 없는 고즈넉한 사무실에는 빗소리와 틀어놓은 라디오 소리만이 나지막이 흘렀다.

『어젯밤 열린 진구가이엔 불꽃 축제, 도심부는 기적적으로 맑은 날의 혜택을 입었습니다. 그러나 그 반동처럼 오늘은 다시 강한 비가 내리고 있습니다. 도심의 현재 기온은 평년을 크게 밑도는 21도. 8월이라고는 생각할 수 없을 만큼 쌀쌀합니다. 기록적인 긴 비와 서늘한 여름에 농작물 가격도 급등했습니다. 양상추 1킬로그램의 가격은 작년보다 세 배 가까이—』

종료 버튼을 눌러 라디오를 껐을 때 사카모토가 다시 전화를 받았다.

『스가 씨. 오래 기다리셨어요. 그때 보내셨던 기획 말인데요? 음, 죄송하지만 회의 결과 우리 지면과는 맞지 않아……』

나는 빨간 볼펜으로 기획 제목에 엑스 표시를 했다. 「소문의 맑음 소녀를 쫓는다! 이상기온은 가이아의 의지다」는 끝났다. 이 밖에도 「가부키초에 잠들어 있는 벤텐(불교의 수호신 변재천의 약칭)과 용신의 황금 전설」「암흑세계로 가는 엘리베이터를 찾아라」「도쿄타워는 영계로 가는 전파 탑이었다!」 등등에도 엑스 표시가 되어 있었다. 여러 회사에 기획서를 보냈는데 이번 주에 통과된 것은 「40대 기자가 직접 체험! 정력제 총력 리포트」뿐이었다.

"그래요……. 아닙니다. 예, 다음에는 분발할 테니 잘 부탁드립니다."

기분과 달리 조심스레 수화기를 놓자마자 바로 혀를 찼다. 거칠게 서랍을 열고 안을 뒤져 담뱃갑을 찾았다. 한 대 빼 입에 물었을 때 딸랑 방울이 울렸다.

야옹.

책상 위에 아메가 올라와 있었다. 호다카가 제멋대로 데려와 사무실에서 키우게 된 새끼고양이로, 목에 작은 방울이 달려 있었다. 킁킁 담배에 코를 대고 냄새를 맡더니 다시 "야옹" 하고 울었다. 유리구슬 같은 눈동자로 물끄러미 바라봤다.

"……왜?"

어쩐지 한 소리 들은 것 같은 기분이었다. 나는 한숨을 쉬고 아직 불을 붙이지 않은 담배를 툭 부러뜨려 쓰레기통에 버렸다. 사실 나는 여러 번 실패한 금연을 다시 시도하는 중이었다. 나는 그 이유를 떠올리고 그대로 다시 수화기를 들었다. 과감히 마미야 씨의 전화번호를 눌렀다.

『예, 마미야입니다.』

벨 소리가 몇 번 나더니 딱딱한 목소리가 대답했다. 짧은 순간 들려온 목소리에도 나는 왠지 그 고상한 노인한테 혼나는 것 같은 기분에 사로잡혔다. 웅크린 등을 과감하게 펴고 기합을 넣어 단숨에 말했다.

"마미야 씨, 케이스케입니다. 재촉하는 것 같아 죄송합니다. 전에 부탁드렸던 면담 건인데—"

『또 그 얘기?』 마미야 씨는 감정을 숨기지 않고 말했다. 『거절했을 텐데? 비 오는 날에는 외출시킬 수 없어.』

"마미야 씨, 제게는 그 아이를 만날 권리가—"

『아니, 그러니까 이런 날씨에 그 애를 외출시켰다가 천식이 심해지면 어쩔 셈인데? 다음 주말도 어차피 비가 온다잖아?』

나는 한숨을 쉬려다가 마지막 순간에 삼켰다. 이 사람과는 늘 이 모양이다.

"그럼 혹시 맑으면 어쩔 겁니까!"

『뭐?』

"혹시 주말에 맑으면 만나게 해주시는 겁니까?"

나는 아메를 바라보면서 전부터 생각했던 말을 꺼냈다. 스스로 생각해도 바보 같은 말이었다.

『……이 오랜 비는 당분간 그칠 것 같지 않던데.』

"그러니까 만약, 만에 하나 맑아지면 되는 거죠? 맨션 아래까지 차로 데리러 가겠습니다."

『……그건 그때 생각해보지.』

마미야 씨는 그렇게 말하고 전화를 끊었다.

"케이 짱, 늦었잖아! 중요한 취재인데!"

혼다 경차에 올라타자 기다리다 못한 나츠미가 말했다. 이제부터 나츠미가 찾아낸 취재 대상을 만나러 갈 참이었다. 이 녀석의 일은 내 조수인데 원체 사람을 좋아하는 성격인지라 나보다 더 열심히 취재 일에 나서고 있었다. 나로 말할 것 같으면 대답할 기운도 없어 잠자코 조수석에 앉아 대시보드에 발을 턱 올려놓았다.

"어머, 표정이 안 좋네. 기획안이 잘 안 됐나?"

정답이었다. 대답 대신 부루퉁하게 물었다.

"호다카는?"

와이퍼가 바쁘게 앞 유리의 비를 털어냈다.

"다른 알바 때문에 못 온단 말이지?"

나는 스마트폰의 위치정보 공유 앱을 열었다. 파란색 GPS 아이콘이 현재 위치를 표시하고 있었다. 우리는 신메지로 도로에서 서쪽으로 이동 중이었다. 호다카의 현재 위치는 스미다가와 강보다 동쪽— 히키후네 근처였다. 서민 마을이다. 이런 데서 아르바이트?

"녀석 요즘, 일을 농땡이 부리는 거 같아."

"뭐 어때? 우리 회사, 요즘 일거리도 없으니까."

핸들을 잡은 나츠미가 아주 자연스럽게 상처가 될 말을 던졌다. 맞다, 우리 K&A플래닝의 일은 요즘 확실히 줄었다. 게다가 나츠미는 요즘 들어 드디어 구직활동을 시작한 듯 오늘도 아주 단정한 와이셔츠에 타이트스커트를 입고 있었다. 이 녀석은 겉모습도 화려하고 그 자리의 분위기를 환하게 바꾸는 힘도 가지고 있으니까 진심으로 구직활동에 임하면 바로 결과가 나올 것이다. 그렇다고는 해도 자기 맘대로 왔다가 맘대로 사라진다니 괜히 화가 났다.

"맘대로 고양이나 주워 오고 말이야. 더부살이 주제에 배짱도 좋아."

나는 나츠미에 대한 복잡한 불만을 호다카의 행동에 빗대 말했다. 애당초 나츠미에게 "적당히 괜찮은 회사에 취직해"라고 말한 건 바로 나였다. 장본인인 나츠미는 말간 얼굴로 대답했다.

"케이 짱과 똑같잖아."

"어?"

"두고 볼 수 없었겠지? 자신과 닮아서."

"……무슨 소리야?"

나츠미는 핸들을 쥐고 앞을 본 채 "그러니까 말이야"라고 말했다.

"호다카는 아마도 길고양이 아메 짱을 보며 자기 처지를 생각했겠지. 그거 케이 짱이 호다카를 데려온 이유와 마찬가지잖아."

어떻게 반론해야 좋을지 몰라 나는 말을 삼키고 부루퉁하니 경치만 바라봤다. 회색의 축축한 거리가 뒤로 흘러갔다.

"그런데 호다카 월급은 얼마 주고 있어?"

갑작스러운 질문에 나는 아무 말 없이 손가락 세 개를 폈다. 나츠미가 놀란 목소리로 말했다.

"뭐? 달랑 3만 엔?! 너무 짜!"

어?

"아니……." 나는 이 말을 해도 되나 싶어 우물거렸다.

"3,000……."

"뭐?!" 나츠미의 얼굴이 점점 굳어졌다.

"아니, 뭐라고? 진짜야? 월급이 3,000엔이라고? 우와 너무 싸다! 완전 악덕 사장! 노동청에 고발당할 거야. 요즘 젊은이들은 바로 고소한다고. 아니, 내가 찔러 버릴래! 이봐요!"

나츠미는 자동차의 속도를 높여 앞서가던 차를 추월했다. 나는 식은땀을 흘리면서 변명을 늘어놓았다.

"됐다는데 밥값 주지, 숙박 공짜지, 휴대전화 요금도 내주지, 고양이도 받아줬지……. 그 정도면 괜찮잖아?"

"헐!"

정말 정나미 떨어진 얼굴로 나츠미가 나를 노려봤다.

"그러니까 다른 알바를 하지……."

////

처마가 낮은 일본 가옥 밀집 지역 너머로 어마어마하게 큰 스카이트리가 보였다. 그 뒤로 구름이 열어지더니 태양이 얼굴을 내밀었다.

"아, 놀라워라. 정말 맑아졌네."

의뢰한 다치바나 후미 씨가 처마 끝 너머 펼쳐진 하늘을 올려다보며 감탄한 듯 말했다.

"너희들 정말 대단하구나. 그만둔다니 아까워."

후미 씨는 내 할머니 정도의 나이로, 서민적인 분위기 그대로 서글서글하게 말했다. 나는 후미 씨와 나란히 툇마루에 앉아 있었다. 작은 마당에서 히나 씨가 맑아지길 기도하고 있었고 나기가 맑음 인형 우산을 쓰고 있었다. 나는 둘의 등을 바라보면서 대답했다.

"얼마 전 불꽃 축제 때 TV에 나오는 바람에 의뢰가 쇄도했거든요."

불꽃 축제를 보도한 TV 뉴스에서 「인터넷에서 소문 난 맑음 소녀?!」로 히나 씨의 모습이 방영된 것이었다. 유카타 차림의 소녀가 빌딩 옥상에서 기도하고 있는 짧은 영상이 공중 촬영으로 방영된 것일 뿐인데 그 효과는 어마어마했다. 맑은 날씨 아이의 웹 사이트에 문의가 쇄도하는 바람에 서버가 일시적으로 강제 셧다운을 단행했고 셧다운 이전에 온 방대한 의뢰도 대부분 조롱이나 놀리는 내용이었다.

"도무지 받아들일 수 없는 양이라 예약 받은 다치바나 씨와 다음 주말에 있는 한 건만 끝내면 당분간 휴업하려고 해요. 그녀도 살짝 지친 것 같고요……."

그랬다. 히나 씨는 변함없이 씩씩했지만 요즘 내게는 그녀의 표정에 아주 살짝 그늘이 드리운 것처럼 보였다.

"어, 손님이 계셨나?"

소리가 나서 돌아보니 불단이 있는 방에서 남자가 걸어왔다.

"어머, 타키. 왔니?"

후미 씨의 표정이 확 부드러워졌다. 타키라고 불린 청년은 살짝 밝은 머리를 한 상냥해 보이는 남성이었다. 손자일까.

"오봉 첫날이잖아. 도와주려고 왔지. 어린 손님들이네. 너희, 할머니 친구들이니?"

남자가 차분한 목소리로 물어, 우리 셋은 "안녕하세요"라고 나란히 인사했다.

"남편이 가고 맞는 첫 오봉인데 맑았으면 해서."

"어…… 아, 그러고 보니 비가 그쳤네. 할아버지가 늘 해를 부르던 사람이라 그런가."

그렇게 말하며 타키는 샌들을 신고 마당으로 내려섰다. 그가 성냥을 켜 조상을 모시는 마중불을 피우기 위해 껍질 벗긴 삼대에 불을 지피는 뒷모습을 나와 후미 씨는 툇마루에서 지켜봤다.

“비가 오면 그 사람도 돌아오기 힘들 것 같아서.”

“돌아와요?”

마당에서 돌아와 어느새 후미 씨의 어깨를 두드리고 있던 나기가 물었다. 이 남자아이는 언제나 의뢰인과 훌쩍 가까워져 있다.

“오봉은 말이지.” 후미 씨는 흐뭇한 듯 눈을 가늘게 떴다. “죽은 사람이 하늘에서 돌아오는 날이란다.”

“첫 오봉이란 사람이 죽고 처음 맞는 오봉이에요?” 청년 옆에 서 있던 히나 씨가 물었다.

“그래.”

“그럼, 우리 엄마도 첫 오봉이네…….”

역시 그랬구나—나는 이제야 알았다. 삼대가 툭툭 소리를 내며 타기 시작하자 하얀 연기가 피어올랐다. 후미 씨가 히나 씨에게 물었다.

“그래? 네 어머니도 작년에 돌아가셨니?”

“네.” 히나 씨와 나기가 고개를 끄덕였다.

“그러면 말이야.” 후미 씨가 다정하게 말했다. “너희도 어머니를 위해 마중불을 피우렴. 어머니가 오셔서 너희를 지켜줄 거야."

"예!"

마중불의 연기는 구름 사이로 살짝 열린 푸른 하늘로 빨려들듯 올라갔다.

"저 연기를 타고 그 사람이 저쪽 세상에서 돌아온단다."

후미 씨는 혼잣말처럼 조곤조곤 말했다. 나는 무심코 묻고 말았다.

"저쪽 세상?"

"피안이라고 하지. 하늘 위는 옛날부터 다른 세상이란다."

히나 씨는 손으로 이마를 가리고 내내 하늘을 올려다봤다. 나는 문득 맑음 소녀의 눈에 비치는 하늘은 어떤 모습일지 궁금했다.

////

바람을 탄 용이 하늘을 유유히 날고 있었다.

구름에서는 거대한 고래가 고개를 내밀었다. 그 주위를 마치 조류를 탄 물고기처럼 작은 하늘의 물고기들이 무수히 춤추고 있었다.

"날씨의 무녀가 본 풍경이라지."

푹 쉰 목소리가 말했다. 이 신사의 신주였다. 나츠미가 녹화 상태의 스마트폰에 대고 감탄의 목소리를 흘렸다.

"신기한 그림이네요. 물고기가 하늘을 날아요! 용도 있어! 저건 후지산이죠, 그 위에도 용이 있어요. 하늘에 온통 생물이네요!"

"정말 귀한 그림이네요."

나도 대꾸했다. 확실히 이 신사의 천장화는 구름과 용을 그린 흔한 운룡도(雲龍圖)와는 완전히 달랐다. 용을 그린 천장화인데도 용이 주제가 아닌 듯했다. 원 주변에는 빙 둘러 산맥이 그려져 있고 피어오른 구름과 물고기까지 포함해 하나의 세계관을 표현한 듯 보였다. 터치는 수묵화보다 훨씬 세밀해 야마토에(헤이안 시대에 발달한 일본화)에 가까웠다. 일본에서도 드물게 기상을 모시는 신사라는데, 이런 취재 상대를 알아낸 나츠미에게 살짝 감탄했다.

"그렇지, 맞아." 신주도 신이 난 듯 말했다. 신주 옆에는 동아리 활동에서 돌아온 듯 체육복을 입은 꼬마 하나가 서 있었다. 우리에게 눈길도 주지 않고 스마트폰 게임에 빠져 있다. 부적 같은 역할을 하는 아이일까.

"날씨의 무녀라면 주술사 같은 건가요?"

신주에게 던진 질문에 도통 대답이 없다—고 생각하는데

"뭐?! 뭐라고?"

고함에 가까운 큰 소리가 돌아왔다. 목소리 못지않게 겉모습도 나이 들어보이는 신주는 귀도 안 들리는 모양이다. 도대체 몇 살일까.

"주술사 같은 사람인가요?"

나츠미가 목소리를 높여 질문을 전달했다. 한 박자 늦게 신주가 "응, 그렇지" 하고 고개를 끄덕였다.

"날씨를 치료하는 것이 무녀의 역할이지." 신주가 말했다.

"수상해……." 나도 모르게 중얼거리고 말았다. 오컬트 잡지에는 어울리겠다만 「소문의 맑음 소녀를 쫓는다! 이상기후는 가이아의 의지다」 기획은 이미 거절당했다. 나는 아직 그 사실을 나츠미에게 말하지 못했다. 나츠미는 흥미진진하다는 표정으로 신주에게 물었다.

"치료라니, 올해 같은 이상기후를 치료하는 건가요?"

"……뭐? 뭐가 이상기후인데?"

갑작스러운 고성에 어쩔 줄 몰라 하는 우리와는 상관없

이 신주 혼자 흥분했다.

"세상은 늘 관측 사상 처음이라고 떠들어대지. 허둥대는 꼴불견하고는. 관측이라고? 사상 최초라고? 도대체 그 관측은 언제부터 한 건데? 기껏해야 100년? 이 그림이 언제 그려졌을 것 같아? 800년 전이야!"

"800년?!"

나츠미가 소리를 높였다. 나 역시 눈을 커다랗게 떴다. 사실이라면 가마쿠라 시대이다. 운룡도 중에는 아마 일본에서 가장 오래된 그림 아닐까. 실컷 떠든 신주가 콜록콜록 기침을 해댔다. "할아버지, 진정 좀 해요"라고 손자가 등을 쓸어주었다.

"애당초 날씨란 건 하늘의 기분이야." 간신히 기침을 멈춘 신주가 말을 꺼냈다.

"하늘의 기분은 사람들 사정을 고려하지 않아. 정상도 비정상도 없지. 그리고 우리 인간은 젖어 꿈틀대는 천지 사이에서 떨어지지 않게 꼭 달라붙어 잠시 얹혀살다 가는 존재일 뿐이야. 옛날 사람들은 다들 그걸 잘 알고 있었어."

나는 땅바닥에서 울려 올라오는 듯한 신주의 목소리를 들으며, 언젠가 본 적이 있는 교키(7~8세기 일본의 승려)의 교키식일본도(行基式日本圖)를 떠올렸다. 아직 이 섬나라가 계측되기 이전에 한 승려가 그렸다는 고대 일본 지도다. 누가 알려주지 않으면 도무지 혼슈라고 알아볼 수 없는 녹아내린 돌 같은 섬 주변을 뱀으로도 용으로도 보이는 거대한 생물체가 빙 감싸고 있었다. 우리는 용의 등을 타고 있구나—이상하게도 그런 이미지가 머리에 그려졌다. 신주의 목소리는 빗소리에 잠긴 본전에 낭랑하게 울렸다.

"그리고 하늘과 사람을 잇는 가느다란 실이 있었지. 그게 날씨의 무녀야. 인간의 간절한 소원을 받아 하늘에 전하는 특별한 인간. 옛날엔 어느 나라, 어느 지방에든 그런 존재가 있었어."

나츠미는 그 말을 듣고 잔뜩 흥분한 눈빛으로 나를 봤다.

"케이 짱. 그게 맑음 소녀 아냐?"

확실히 실없는 얘기치고는 앞뒤가 맞았다. 그럴듯한 전통과 요즘의 문제의식을 겸비한 기사는 편집자도 독자들도 좋아했다. 그런 생각을 하고 있는데,

"근데 말이죠." 옆을 지키던 꼬마가 말을 꺼냈다.

"아저씨, 아줌마. 우리 할아버지의 얘기가 도움이 돼요? 나이가 너무 많은데다 내용도 영 미심쩍은데!"

"천만에. 정말 귀중한 이야기라 감사하죠!" 나츠미의 말과 동시에 신주가 꼬마의 머리에 알밤을 날렸다. 의외로 정정한 모습에 나는 안심했다.

"단, 모든 일에는 치러야 할 대가가 있지."

갑자기 서글픈 울림이 담긴 그 목소리에 모두가 새삼스레 신주의 얼굴을 봤다.

"날씨의 무녀에게는 슬픈 운명이 있어—"

////

"하나, 둘, 셋!"

나기와 히나 씨가 작은 마중불을 휙휙 하늘로 날려 보냈다.

"다음은 할머니예요!" 나기가 말하자 "나는 괜찮아"라고 쓴웃음을 짓는 후미 씨의 손을 히나 씨가 "같이 해요"라며 잡아끌었다.

"할머니와 친구가 돼줘서 고마워."

타키 씨가 수박을 가득 자른 접시를 툇마루에 놓고 내 옆에 앉았다.

"아니에요. 오늘 저희는 아르바이트라고 해야 하나……."

나는 왠지 무인해 말을 흐렸다. 마당에서 나는 웃음소리에 고개를 돌리니 결국에는 셋이 마중불을 날리고 있었다.

"즐거워 보이네." 타키 씨가 흐뭇한 표정으로 "너희 몇 살이야?"라고 내게 물었다.

"아, 나기는 열 살이고 저는 열여섯이에요. 그녀는— 아!"

문득 나는 히나 씨가 전에 했던 말을 떠올렸다.

"분명히 곧 열여덟이 된다고 했는데."

히나 씨의 방 달력에도 나기의 글씨체로 8월 22일에 생일이라고 적혀 있었다.

"생일! 그럼 생일 선물을 준비해야겠네."

신이 난 듯한 타키 씨의 말에 나는 깜짝 놀랐다. 여자에게 생일 선물?! 내 능력치를 훨씬 뛰어넘는 일 같았지만, 확실히 히나 씨가 기뻐해준다면 정말 멋질 것이다. 어쩌면 좋을까— 나도 모르게 생각에 잠겼다.

"여러분, 수박 가져왔어요!"

타키 씨가 소리치자 마당에 있던 나기가 "야호!" 하고 한껏 발을 동동 굴렀다. 멀리서 천둥소리가 작게 울렸다. 정신을 차려보니 하늘은 다시 흐려졌고 툭툭 비가 떨어지기 시작했다. 마당에 있던 사람들이 웃으면서 재빨리 툇마루로 뛰어왔다.

////

그 취재를 마치고 돌아오던 길.

지금도 나는 자동차를 운전하면서 신주의 말에 정체 모를 심란함을 품었던 걸 기억하고 있다. 그때는 흔해 빠진 옛날이야기 중 하나라고 생각했다. 아니, 지금도 나는 날씨의 무녀라든가 맑음 소녀 같은 건 믿지 않는다. 그 후에 일어난 몇 가지 사건에는 얼마든지 합리적인 설명이 가능하다고 생각한다.

오히려 그때 내가 심란했던 이유는 다른 현실적인 부분에 있었을지 모른다. 예를 들면 밀린 사무실 임대료. 줄어들기만 하는 일. 개선될 조짐이 전혀 없는 마미야 씨와의 관계.

그리고 가출한 미성년자를 한 달 이상 사무실에 두고 있는 점. 그 소년이 내가 모르는 사이에 말도 안 되는 일을 저질렀던 것.

다만 기이하게도— 아무리 생각해도 이런 결론을 내리는 내가 있었다. 과거의 자신에게 조언할 수 있더라도, 이를테면 인생을 계속 되돌릴 수 있더라도— 틀림없이 호다카를 만난 순간부터 똑같은 선택을 반복했을 것이다. 나는 지금도 여전히 기묘한 확신을 품고 있다.

제7장 발각

16세 고등학생입니다. 18세 소녀의 생일 선물로 뭐가 좋을까요?

「등록」 버튼을 누르자 잠시 후 몇 개의 답변이 바로 도착했다. 과연 믿음직한 「Yahoo! 지식」이다.

(답변1) 자빠뜨리면 OK.
(답변2) 돈다발(다섯 자리 이상)
(답변3) 아파트
(답변4) SNS에 물어보는 시점에서 이미 꽝

음…….

쓸 만한 답변은 없었다. 굳이 뽑자면 4번. 그보다 막연하게는 알고 있던 사실인데 인터넷에 인생을 묻는 건 아니었다. 어떻게 해야 하나 고민하던 나는 꺅! 하는 여자의 환호

성에, 스마트폰에서 고개를 들었다.

나기가 골을 넣었다.

고가도로 아래 있는 풋살 경기장에서 나기는 한창 연습 시합 중이었다. "나기, 나이스 슛!" "역시 나기야!" 동료들이 나기에게 달려갔고 나기는 달리면서 동료들과 한 사람씩 하이파이브를 했다. 정말 밝은 캐릭터였다. 누구에게나 격의 없이 대하는 저 쾌활한 열 살짜리 소년을 최근 들어 거의 존경에 가까운 마음으로 대하고 있었다. 나는 나기에게 의논하고 싶은 일이 있어 이곳에 온 것이었다.

"—그야 당연히 반지지."

나기가 확신에 차 말했다.

"응, 진짜? 갑자기 반지? 그거 너무 부담되지 않나?"

나는 놀라 되물었다. 우리는 시합이 끝난 경기장 관람석에 나란히 앉아 있었다.

"누나 생일 선물이지?"

"응. 다른 여자 분한테도 물어봤는데—."

나는 나츠미 씨의 대답을 떠올렸다.

"뭐, 받고 싶은 것? 아, 그러니까 포옹과 키스, 현금, 멋진 남자 친구, 아, 그리고 취직자리!"

"정말 눈곱만큼도 도움이 안 되더라……." 나는 한숨을 쉬었다. 「Yahoo! 지식」과 막상막하였다. "그런가, 반지라…… 음……."

내가 고민에 빠져 있는데 "나기, 바이바이, 또 만나!"라며 초등학교 여학생 몇 명이 경기장을 나가면서 손을 흔들자 나기가 환한 표정으로 같이 손을 흔들어줬다.

"―호다카, 우리 누나 좋아하지?"

"응?" 순간 무슨 말인지 알아듣지 못했으나 곧 "아, 아니 뭐?!" 하고 뒤늦게 나는 어쩔 줄 몰라 했다. 느닷없이 뜨거운 물을 뒤집어쓴 것처럼 귀 끝까지 빨개졌다.

"아니, 아니, 그게 아니야. 딱히 좋아해서가 아니라…… 허걱? 혹시 좋아하는 건가? 어? 아니, 아니야. 언제부터? 혹시 처음 만났을 때? 아, 아니?!"

혼자 혼란으로 치닫는 나를 지켜보며 나기는 한심하다는 듯 말했다.

"나 원, 애매하게 구는 남자가 제일 나쁜 거야."

"그, 그래?"

"사귀기 전에는 뭐든 똑 부러지게 말하고 사귄 다음에는 최대한 애매하게 구는 게 기본이지."

두둥! 나는 계시를 받아 정신이 아득해졌다. 뭐지 저 가치관은?! 뭐지 저 전략적인 태도는?!

"저……" 도쿄는 정말 대단하구나. 나는 오랜만에 진심으로 생각했다. "나기, 선배라고 불러도 돼?"

선배는 씩 웃고는 갑자기 먼 곳을 응시하며 말했다.

"—엄마가 죽고 누나는 계속 아르바이트만 했어. 아마 나 때문일 거야. 난 아직 꼬맹이니까."

"……" 미소를 지은 채 말하는 선배에게 나는 등짝을 한 대 얻어맞은 기분이었다. 자신을 꼬맹이라고 말할 수 있을 만큼 선배는 이미 어른이었다.

"그러니까 누나가 나이에 맞게 즐겁게 지냈으면 좋겠어."

선배는 농담처럼 말을 던지고 내게 주먹을 내밀었다. 선배의 재촉에 툭 하고 주먹을 맞대자, 선배는 씩 웃으며 말했다.

"……뭐, 호다카여도 괜찮을지는 모르겠지만."

"고맙습니다!"

나는 여성 점원이 생긋 웃으며 내민 종이봉투를 받았다.

봉투를 받긴 했는데 나는 그 자리에서 움직이지 못했다.

"저기요—" 더는 말이 없는 내 얼굴을 점원이 걱정스럽게 들여다봤다.

"저기요!" 나는 과감히 말을 꺼냈다.

"예."

"저기……, 이런 거 받으면 기쁠 것 같아요……?"

나는 들고 있는 종이봉투로 시선을 떨어뜨리며 물었다. 긴 검은 머리에 다정해 보이는 얼굴의 점원은 잠시 놀라더니 바로 생긋 웃었다. 그 미소가 너무 멋져, 소음을 제거하는 노이즈캔슬링 헤드폰을 썼을 때처럼 주위의 소음이 순식간에 사라졌다.

"—네, 여기서 세 시간이나 고민했잖아요."

점원의 목소리가 친구를 대하듯 아주 친근해졌다.

"나라면 정말 기쁠 것 같아요. 걱정 마세요. 좋아해줄 겁니다!"

그 말에 가슴이 갑자기 뜨거워졌다. 이 사람은 4,000엔이라는 예산 안에서 어떤 반지를 살지, 한없이 망설이는 내 한심한 고뇌를 세 시간 가까이 응해주었다. "행운을 빌게요!"라며 마지막으로 다정하게 미소짓는 점원의 '미야미즈'

라는 이름표를 보면서 나는 깊이 고개를 숙였다.

신주쿠 루미네를 빠져나오자 이미 밤이 되어 우산을 쓴 사람들이 평소와 다름없이 거리를 바쁘게 오가고 있었다. 정신을 차리니 이젠 익숙해진 고층 빌딩의 불빛이 비에 흐릿하게 깜빡였다. 나는 똑같은 곳을 절망적인 기분으로 헤매던 두 달 전 밤을 먼 경치를 더듬듯 떠올렸다. 그 무렵의 나는 지금처럼 숨을 깊이 들이쉬지 못했다. 아는 사람 하나 없는 이 거리에서 마치 나만 다른 언어를 쓰는 것처럼 한없이 불안했다. 그 마음을 처음으로 바꿔준 것이 맥도날드에서 만난 히나 씨였다.

고개를 드니 길거리 TV에 주간 일기예보가 흐르고 있었다.「연속 강수일수, 관측 사상 최장 기록」이라는 글자가 지나갔다. 하지만 나는 알고 있었다. 내일도 히나 씨가 가는 곳과 그녀가 있는 시간 동안은 맑으리라. 내일 일은 딸을 위해 주말 공원을 맑게 해달라는 아버지의 의뢰였다. 그게 우리에게는 마지막 맑음 소녀 비즈니스였다. 그리고 그 다음 날은 히나 씨의 생일. 나기와 셋이 케이크를 먹고 반지를 줘야겠다고 홀로 계획을 세우고 있었다.

미약하나마 히나 씨의 미소가 하나라도 늘어나길. 나는 속으로 그렇게 읊조리면서 우산 너머로 비 오는 하늘을 올려다봤다.

////

그러고 보니 매미 우는 소리를 오랜만에 들었다. 조금 전까지 비에 젖어 있던 도쿄타워가 햇살을 받아 새 옷으로 갈아입은 듯 의기양양하게 빛나고 있었다.

이곳은 도쿄타워 바로 밑에 펼쳐진 공원이었다. 풀 내음이 나는 잔디밭 주변을 커다란 절과 새로 지은 고층 빌딩이 둘러싸고 있었다. 그리고 아까부터 공원이 떠나갈 듯한 커다란 목소리로 조그만 여자아이가 깔깔대고 웃고 있었다.

"아빠. 한 번 더 해, 한 번 더!"

"아빠는 괜찮지만 모카, 힘들지 않아?"

"오늘은 정말 괜찮아. 날씨가 좋잖아!"

"좋아, 간다!"

스가 씨가 여자아이의 양손을 잡고 빙빙 돌렸다. 딸인 모카는 배 속이 다 울릴 정도로 신나게 웃었다.

"자, 다음은 나기야, 나기가 해라!"
"좋아. 자!"
"꺅!!"

아이고, 이러다 허리 나가겠어. 스가 씨는 허리를 툭툭 두드리면서 나와 히나 씨가 앉은 벤치로 돌아와 우리 사이에 끼어들듯 털썩 앉았다.
"……왜 스가 씨죠?" 나는 스가 씨를 노려봤다.
"그보다 스가 씨, 제가 무슨 알바 하는지 알고 있었어요? 알고도 아무 말도 안 한 거예요? 그리고 딸이 있었어요?"
스가 씨는 나를 보고도 묵묵부답, 의기양양한 표정을 짓더니 억지로 히나 씨와 악수했다.
"정말 대단해! 일기 예보는 100% 비라고 했는데!"
히나 씨가 밝은 웃음으로 응하자 나는 왠지 짜증이 났다.
"딸아이는 천식이 있어. 지금은 할머니와 사는데 비 오는 날에는 만나게 해주질 않거든."
잔디밭에서는 모카가 선배와 술래잡기를 하고 있었다. 스가 씨는 그런 딸의 모습을 흐뭇하게 바라봤다. 이 사람, 이런 표정도 짓는구나. 조금 의외였다. 하지만 환한 햇살

속을 달리는 두 사람은 그림처럼 아름다웠다.

"—역시 푸른 하늘이 좋네……."

자세히 보니 나지막이 중얼거리는 스가 씨의 왼손에 은색 반지가 있었다. 오른손으로 그 반지를 만지고 있었다. 나는 관절이 튀어나온 손가락을 보고 그의 나이가 꽤 들었다는 사실을 새삼 깨달았다.

"스가 씨는 호다카의 상사셨군요." 히나 씨가 말했다.

"맞아! 게다가 생명의 은인이지!" 나도 잊고 있던 사실을 새삼 의기양양한 얼굴로 말했다. 스가 씨는 팔로 내 어깨를 감쌌다.

"그보다 너, 왜 반말로 불리냐?" 스가 씨가 재미있다는 듯 물었다.

"아? 히나 씨가 두 살 위거든요……."

"어? 너 열다섯이었나? 아니 열여섯? 그럼 열일곱? 열여덟? 뭐 그게 그거네."

"그렇죠!"라고 말하는 나와 "완전 다르거든요!"라는 히나 씨의 목소리가 겹쳤다.

"아, 저기 있다! 여기!"

소리가 나는 쪽을 보니 나츠미 씨가 손을 흔들면서 이쪽으로 달려오고 있었다. "으악!" 나는 놀라 작게 소리를 지르고 말았다.

"잠깐, 스가 씨, 괜찮아요?"

"뭐가?"

"그러니까 부인과 따님 말이에요. 나츠미 씨는……."

스가 씨는 웃음을 참으며 내 등을 탁탁 때렸다. 벤치 앞까지 온 나츠미 씨가 의아한 표정을 지었다.

"아니, 왜 그래?"

"호다카 이 녀석, 너하고 나 사이를—"

"잠깐만요……!" 말하지 말라고 하려는 순간 스가 씨가 말해버렸다. 나츠미 씨의 눈이 커지더니 소리를 질러댔다.

"애인?!"

나는 얼굴을 붉히며 고개를 숙였다. 땅에 떨어지는 내 땀을 보면서 설명을 해보려 했다.

"아니, 삼촌과 조카 사이라는 얘긴 아무도 해주지 않았고…… 처음에 나츠미 씨가 '네 상상대로'라고……."

"호다카, 그 망상 끔찍해……." 나츠미 씨가 내게 차가운 시선을 던졌고 스가 씨는 "상식적으로 생각했으면 금방 깨달았을 일이지"라며 싱글싱글 웃어댔다. 도움을 요청하듯 히나 씨를 보니 눈을 가늘게 뜨고 "호다카는 엉큼하구나……"라고 중얼거렸다. 악몽이었다.

"호다카는 말이야."

나츠미의 말에 그녀를 봤다. 몸을 앞으로 숙이고 있어 캐미솔 속 가슴골이 드러났다.

"지금 내 가슴 봤지?"

"안 봤어요!"

덫이었구나! 나츠미 씨는 깔깔대고 웃었다.

"아, 나츠미 언니!"

소리가 나는 곳을 보니 모카가 이쪽을 향해 크게 손을 흔들고 있었다.

"모카야, 야호!" 나츠미 씨도 손을 흔들었다. 둘은 사촌자매구나.

"아빠, 꽃다발 만들어줄게!"

스가 씨의 표정이 눈 녹듯 풀리더니 "어, 진짜!" 하며 벤치에서 일어났다.

"어이, 호다카도 이리 와!"

"아, 선배가 부른다……. 나도 가야겠다."

나는 우물우물 그렇게 말하고 그 자리에서 벗어났다.

"후후. 호다카는 놀릴 맛이 난다니까."

나는 등 뒤로 히나 씨에게 말을 거는 나츠미 씨의 목소리를 들었다.

////

그 아이는 평범한 여자아이였다.

나는 괜히—무녀나 신관, 점성술사나 카리스마 넘치는 록스타처럼— 뭔가 신비하고 말수도 적은, 그래서 가까이 가기 힘든 분위기의 소녀를 상상했다. 하지만 히나는 생글생글 잘 웃고 쾌활하고 귀여운 10대 여자아이였다. 염색하지 않은 검은 머리는 반들반들 윤기가 흐르고 피부와 입술은 갓 만들어낸 것처럼 매끄러웠다. 호다카도 히나도 정말 젊구나. 나는 살짝 부러웠다.

"—호다카는 어린애라니까요. 창피해."

옆에 앉은 히나는 호다카를 바라보면서 살짝 화난 듯 말했다. 그런 관계구나. 나도 모르게 미소짓고 말았다. 호다카는 사실 동생으로 어울리는 타입이지.

"저 두 사람, 닮지 않았어?"

"호다카 하고 스가 씨가요?"

케이 짱은 잔뜩 신이 나 걸어가고 있었고 호다카는 머리를 긁적이면서 모카 일행을 향해 가고 있었다.

"응, 케이 짱도 10대 때 가출해서 도쿄로 왔대."

"예?"

"스가 가문은 지방에서 대대로 국회의원직을 역임한 명문가야. 케이 짱에 대한 부모님의 기대가 어마어마했대. 게다가 케이 짱의 형이 정말 우수한 사람이었다지. 고향 최고의 고등학교를 수석으로 졸업한 다음 당연하다는 듯 곧장 도쿄대에 들어갔고 해외 유학까지 다녀와서 지금은 재무성 관료야. 뭐, 그 사람이 바로 내 아버지지만."

그렇게 말하고 나는 조금 웃었다.

"나도 아버지와 도무지 맞질 않아. 그런데 그 동생인 케이 짱과는 이상하게 죽이 잘 맞거든. 그래서 계속 케이 짱 사무실에서 아르바이트를 해왔어."

어라? 나는 떠들면서 생각했다. 왜 내가 히나한테 이런 말을 하고 있지?

"아, 그건 그렇고—"

역시 히나에게는 신비로운 분위기가 있구나. 커다란 눈동자로 똑바로 나를 보면 내 마음을 빨아들이는 것 같았다—.

"케이 짱은 가출한 도쿄에서 아스카 씨를 만났어. 나중에 부인이 된 사람. 양가 간에 싸움이 벌어질 정도로 대단한 연애 끝에 결혼했고 둘이 편집 프로덕션을 시작하면서 모카도 낳았지. 그때는 나도 얼마나 기뻤던지."

내가 막 고등학생이 되었을 때였다. 병원에서 갓난아기를 봤을 때 느꼈던 일종의 어색함과 감동은 이제는 좋아하는 꽃향기처럼 부드럽고 평온한 것이 되었다.

"숙모는 몇 년 전에 사고로 떠났지만."

그 무렵의 이야기는 복잡했다. 그리고 너무 무거운 얘기이기도 했다. 지금까지도 조금 버겁다. 화제를 바꾸려고 나는 웃었다.

"있잖아? 케이 짱은 의외로 일편단심이야. 인기가 전혀 없는 것도 아닐 텐데."

케이 짱 일행을 보니 이마를 맞대고 진지하게 꽃다발을 만들고 있었다. 모카가 허리에 손을 얹고 남자들에게 지시를 내렸다. 케이 짱은 흐뭇한 얼굴이었다.

"— 전에 호다카가 말했어요."

갑자기 히나가 입을 열었다.

"스가 씨도 나츠미 씨도 대단하다고요. 그 사람들처럼 누구에게나 공평한 어른은 처음 봤다고. 나츠미 씨는 굉장한 미인이고 만나는 사람은 다 나츠미 씨를 좋아하게 된대요. 언젠가 나도 만나고 싶다고 내내 생각했어요."

"어머……."

"그래서 오늘 정말 기뻐요. 호다카가 말한 그대로예요."

인사치레가 아니라 진심으로 히나가 그렇게 생각하고 있다는 게 전해졌다. 생뚱맞게 나는 그 말을 듣고 울컥하고 말았다.

"나도 말이야." 저도 모르게 히나의 두 손을 잡았다. "히나를 정말 만나고 싶었어. 100% 맑음 소녀라니 대단하잖아!"

예? 히나가 되묻는 표정으로 나를 바라봤다.

"나는 맑음 소녀에 관한 소문을 계속 쫓아왔어. 실제로 히나를 만났다는 사람들 얘기도 여럿 들었지. 모두 정말 기뻐하더라. 히나 덕분에 인생의 행복이 조금 늘었다고!"

히나의 얼굴이 깊은 데서부터 빛났다. 마치 꽃이 피듯 정말 성스럽다는 생각이 들었다. 용솟음치는 히나의 기쁨은 우리가 물리적으로 느끼는 빛처럼 눈부셔 나도 모르게 눈을 가늘게 떴다. 왠지 밀이 빨라졌다.

"그거, 히나만 할 수 있는 일이지? 그런 확실한 능력을 지닌 사람은 아주 드물어. 뭐랄까, 실은 그게 요즘 내 고민이야! 아, 나도 이력서에 쓸 수 있는 특기가 필요해. 정말 취업 힘들어. 히나는 좋겠다. 초능력 여고생이라니 완전 히어로잖아!"

히나가 키득키득 웃었다. "저는요"라고 말하면서 히나는 시선을 슬쩍 들었다.

"어서 어른이 되고 싶어요."

나도 모르게 그 옆얼굴에 마음을 빼앗기고 말았다. ―그렇구나. 그랬어. 다정하게 혼나는 것 같은 기분이 들었다.

"……안심이다."

"예?"

나는 스마트폰을 꺼냈다.

"실은 말이야, 취재하다가 조금 마음에 걸리는 얘기를 들었어……."

나는 그 신사의 신주를 찍은 동영상을 찾았다. 하지만 괜찮아. 나는 스스로 다독였다. 괜찮아. 히나는 장래를 걱정하는 평범한 여자아이야. 빨리 어른이 되고 싶다고 딱 잘라 말하고 멀리 응시할 수 있는 단단한 아이야. 이런 얘기는 그저 종종 듣게 되는 옛날이야기야. "날씨의 무녀에게는 슬픈 운명이 따르지" 같은 빤한 이야기.

나는 과감히 재생 버튼을 눌렀다.

////

내리기 시작한 이슬비가 순식간에 대기에서 열기를 앗아갔다. 나는 재킷 지퍼를 목까지 올렸다. 조금 전부터 모카가 고통스럽게 기침하고 있었다.

"모카, 피곤하지?"

스가 씨가 천식 흡입기를 꺼내 흔든 다음 품에 안긴 모카의 입에 물렸다.

"자, 들이마셔. 하나, 둘, 셋!"

모카는 타이밍에 맞춰 깊이 숨을 들이켰다. 크게 숨을 내뱉고는 스가 씨에게 말했다.

"괜찮아! 더 놀고 싶어!"

우리는 각자 우산을 쓰고 공원 근처 주차장까지 왔다. 스가 씨의 차가 세워져 있었다. 어두워진 하늘을 배경으로 점등하기 선의 도쿄타워가 거인의 그림자처럼 우리를 내려다보고 있었다.

"저기, 저희는 이만 물러가겠습니다." 히나 씨가 스가 씨에게 말을 건네자,

"어? 싫어! 더 놀자!"라며 모카가 크게 소리쳤다.

"모카, 모두와 즐겁게 놀았잖아. 그만큼 피곤하지? 이제 집에 가자."

"싫어! 나기 오빠랑 같이 더 놀고 싶어!"

모카는 거의 울상이 되었다. 나츠미 씨가 밝게 말했다.

"그럼 다 같이 가볍게 저녁 먹으러 갈까!"

"와! 밥 먹으러 가자!"

"하지만……" 곤란하다는 듯 히나 씨가 말했다.

"그럼, 말이야!" 나기 선배가 말했다. "내가 좀 더 같이 있어도 될까?"

"물론이지!" 나츠미 씨가 대답하고 야호! 하며 모카가 신나 하자 스가 씨는 어쩔 수 없지, 하고 중얼거렸지만 입가는 웃고 있었다.

"호다카는 누나를 집까지 바래다줘."

"응?"

나기 선배를 보니 엄지손가락을 척 치켜세우고 윙크하고 있었다. 내 가슴이 철렁했다.

"히나 언니!"

모카가 스가 씨의 품에서 뛰어내려 히나 씨에게 달려와 다리를 꼭 부여잡았다.

"오늘, 맑은 하늘 정말 고마웠어! 나, 정말 즐거웠어요!"

히나 씨는 얼굴 가득 환한 미소를 지어 보였다. 나는 순간 정신을 놓고 말았다. 히나 씨는 쭈그려 앉아 모카와 시선을 맞추고 말했다.

"나야말로, 모카. 정말 많이 기뻐해줘서 고마웠어."

안 돼! 큰일 났다—.

멋대로 심장이 날뛰고 있었다.

하마마쓰초 역까지 오는 길에서도, 야마노테 선을 탄 후에도 우리는 거의 말이 없었다. 히나 씨는 전차 문 옆에서 조용히 침묵을 지킨 채 창문의 물방울을 바라봤다. 나는 유리에 비친 히나 씨의 얼굴을 이따금 훔쳐보면서 내내 왼쪽 주머니 속 조그만 상자를 움켜쥐고 있었다. 어제 산 반지였다. 전차가 다바타 역에 가까워질수록 줄 기회는 지금밖에 없다는 마음이 점점 강해졌다. 뜻밖에 찾아온 완벽한 둘만의 시간이었다.

남쪽 출입구 개찰을 통과하자 비는 다시 강해져 기온이 더 떨어져 있었다. 비구름에 덮인 하늘에는 간신히 낮의 밝기가 남아 있었다.

안 돼! 안 돼—.

내 가슴속에서 심장이 위험할 정도로 미쳐 날뛰고 있었다. 비가 내려 다행이라는 생각이 들었다. 빗소리마저 없었다면 내 심장 소리는 틀림없이 히나 씨에게도 들렸을 것이다. 그래도 멋대로 뜨거워지는 몸을 주체하지 못해 나는 슬쩍 걷는 속도를 늦췄다. 눈 밑 고가철로 위로 신칸센이 쉭 소리를 내며 지나갔다. 빗방울이 시끄러운 악기처럼 우산을 두들겨댔다.

안 돼, 안 돼! 하지만.

나는 걸음을 멈췄다. 한 걸음, 두 걸음, 히나 씨의 등이 멀어졌다. 세 걸음, 네 걸음.

나는 숨을 들이켰다. 물 냄새가 강하게 났다.

"히나 씨." "호다카."

타이밍이 겹치고 말았다.

"아! 미안해요."

"아냐." 히나 씨가 다정하게 웃었다. "호다카, 할 말 있어?"

"아, 아뇨…… 별거 아닌데. 히나 씨야말로 할 얘기 있어요?"

"아, 응—."

히나 씨는 살짝 시선을 떨어뜨렸다. 순간 그녀의 표정에 뭔가가 스치는 것처럼 보였다. 물의 그림자?

"—호다카, 저기 말이야."

히나 씨가 고개를 들었다. 나를 똑바로 보고 있었다. 진지한 눈동자. 또 물의 그림자.

"나—"

또 물. 물이 춤추고 있었다. 히나 씨의 주위를 천천히 돌 듯 춤추는 것은— 물의 물고기?

그 순간이었다.

들이닥친 돌풍이 내 뒤에서 몰아쳤다. 손에서 우산이 날아갔다. 나도 모르게 몸을 웅크렸다.

"—앗!"

바람에 휘감겨 올라가는 히나 씨의 재킷이 보여 순간적

으로 손을 뻗었다. 그러나 닿지 않았다. 우리 우산과 히나 씨의 재킷은 아주 먼 상공까지 날아 올라갔다.

"……!"

나는 멍하니 점점 작아져 흐린 하늘로 녹아든 그것들을 바라봤다.

"히나 씨……!"

괜찮냐는 질문이 혀끝에서 나오질 않았다.

눈앞에 아무도 없었다. 서둘러 주위를 살폈다. 아무도 없다. 그럴 리가 없어— 불과 몇 초 전까지 그녀는 내 눈앞에 있었어.

"—호다카!"

어디선가 히나 씨의 목소리가 들려오자 안도와 공포가 동시에 나를 엄습했다. 목소리는 들렸지만 그 소리는 말도 안 되는 방향에서 들려오고 있었다. 나는 하늘을 올려다봤다.

히나 씨가 가로등보다 높이 떠 있었다. 비와 전혀 다르게 움직이는 물방울들이 히나 씨의 몸을 받치며 반짝반짝 춤추고 있었다. 보이지 않는 손바닥 위에 놓인 듯 히나 씨의 몸은 천천히 지상으로 내려왔다. 비탈길에 늘어선 가로등이 밤이 온 것을 이제야 알아차린 듯 켜지기 시작했다. 켜진 가로등 앞을 히나 씨의 몸이 통과했다. 그때 내 눈에 들어온 것은— 공포로 얼어버린 그녀의 표정과 마치 얼음처럼 전등 빛을 그대로 투과시키는 히나 씨의 왼쪽 어깨였다.

몸이, 투명해지고 있어…….

나는 눈을 강하게 깜빡였다. 가로등을 지나친 히나 씨의 어깨는 다시 원래대로 돌아온 듯 보였다. 혼란스러워하는 내 앞에 히나 씨의 몸이 천천히 내려왔다. 몸을 감싼 물방울들은 비에 녹듯 사라졌다. 히나 씨의 발끝이 아스팔트에 닿자 그녀는 그대로 무릎부터 푹 주저앉았다. 그리고 천천히 고개를 들었다. 그 얼굴에는 놀라움과 혼란과 공포— 이렇게 될 줄 알았다는 듯 어렴풋한 체념이 담겨 있었다.

"내가 맑음 소녀가 된 건—."

그 후 집까지 오면서 그녀는 내게 말했다.

"일 년 전 그날이야."

제8장 마지막 밤

머리를 말리던 드라이어를 멈추자 빗소리가 살아 돌아온 듯 귓가로 들어왔다. 마치 난폭한 소인이 일제히 노크라도 해대는 듯 얇은 지붕과 벽을 통해 빗소리가 방 안에 울려 퍼졌다.

"작년, 엄마가 돌아가시기 조금 전 일이야."

우산이 날아가버린 후 우리는 완전히 젖은 채 아파트로 돌아왔다. 히나 씨가 먼저 샤워하고 내가 이어서 세면실을 빌려 샤워했다.

"혼자 그 빌딩 옥상에 간 적 있어."

작은 세면대 앞에는 두 개의 컵과 두 개의 칫솔이 있었다. 세안제와 핸드크림, 데오도란트와 헤어왁스, 고개를 드니 넋 나간 내 얼굴이 거울에 비쳤다.

"그곳은 마치 빛 웅덩이처럼 보였고 구름 사이로 한 줄기 햇살이 내려와 그 옥상을 비추고 있었지. 그 버려진 빌딩 옥상에는 꽃과 풀이 가득 피어 있었고 작은 새가 지저귀고 있었어. 그리고 빨간 도리이가 햇살을 받아 빛났지."

그날, 히나 씨는 두 손을 모으고 도리이를 통과했단다.

신이시여, 부디.

비를 멈춰주세요. 어머니가 눈을 뜨게 해주세요. 한 번만 더 우리 셋이 맑은 하늘 아래에서 함께 걸을 수 있게 해주세요.

갑자기 빗소리가 뚝 끊겨 눈을 뜨니— 그곳에는 푸른 하늘이 펼쳐져 있었다.

그녀는 거기서 봤다고 했다. 구름 위의 초원을. 반짝반짝 빛나면서 헤엄치는 하늘의 물고기들을.

"정신을 차렸을 때는 도리이 아래 쓰러져 있었고 하늘이 맑게 개어 있더라. 오랜만에 보는 푸른 하늘이었지. 그때부터 나는—"

히나 씨는 비에 젖어 집으로 돌아오는 길에 이렇게 말했다.

"하늘과 이어진 것 같아."

딩동!

갑작스러운 소리에 나는 펄쩍 뛰어오를 듯 깜짝 놀랐다. 현관 초인종이었다. 히나 씨 아파트에 누가 찾아온 일은 내가 아는 한 처음이라 이런 시간에 누굴까 싶어 조심스럽게 세면실의 문을 열었다. 히나 씨가 현관 구멍을 통해 밖을 살피고 있었다.

"호다카, 숨어!"

낮지만 날카로운 명령에 나는 황급히 문을 다시 닫았다. 또 초인종이 울리고 현관에서 여성의 목소리가 났다.

"밤늦게 죄송합니다. 경찰입니다—."

가슴이 덜컥 내려앉았다. 히나 씨가 현관을 여는 소리가 났다. 여성 경찰관, 그리고 조금 두껍고 낮은 남자 목소리. "이 소년을 보신 적 없습니까?"라는 남자의 말에 갑자기 심장이 두방망이질 치기 시작했다. 온몸에 한기가 들고 동시에 힘이 빠졌다.

나를 찾는 거야. 설마 했지만 머릿속에 차갑게 각성한 어떤 부분으로는 그야 당연하지— 라고 생각했다. 이런 날이 영원히 계속될 수는 없었다. 나는 언젠가 이렇게 되리라는 걸 줄곧 알고 있었음을 드디어 자각했다.

"사진을 좀 더 자세히 봐주세요. 이 소년이 근처에서 몇 번이나 목격됐는데."

"아니, 본 적 없어요…… 이 사람에게 무슨 문제라도?"

"좀 확인할 게 있어서." 남자가 떨떠름한 목소리로 말했다. "게다가 가출을 해서 부모님이 실종 신고를 했거든요."

내 무릎은 다른 생물의 것처럼 부들부들 떨렸다.

"그리고 아마노 양" 여성 경관의 목소리. "초등학생 남동생과 둘이 살죠?"

"맞아요."

"그것도 좀 문제가 됩니다. 보호자 없이 미성년자끼리 생활하는 건—."

"하지만!"

히나 씨가 갑자기 큰소리를 냈다.

"우리는 아무에게도 피해를 주지 않아요……!"

쿵 하고 현관문 닫히는 소리가 났다. 경찰은 일단 돌아간 모양이다. 나는 천천히 숨을 고르고 세면실에서 나왔다. 여전히 현관 앞에 서 있던 히나 씨가 등을 돌린 채 툭 내뱉었다.

"내일, 아동상담소에서 사람이 올 거래."

궁지에 몰린 사람은 나만이 아니었다. 히나 씨 남매에게도 위기가 닥쳤다. 나는 혼란스러웠다. 도대체 무엇부터 생각해야 할까. 히나 씨가 돌아보며 초췌한 얼굴로 말했다.

"어떡하지…… 우릴 뿔뿔이 갈라놓을 거야!"

"—!"

갑자기 주머니 속 스마트폰이 울렸다. 꺼내 보니 발신자는 스가 씨였다.

현관을 살짝 열고 얼굴을 내밀어 주변을 살폈다. 어두컴컴한 공용 복도에 인적은 없었다. 골목 건너편, 더욱 강해진 비안개 너머로, 가로등 불빛을 받은 스가 씨의 자동차가 보였다.

"호다카, 큰일 났어! 경찰이 찾고 있어—"

차까지 달려가니 나기 선배가 조수석 문을 열고 말했다.

"응, 알아. 선배는 먼저 집에 가 있어."

차에 타 문을 닫았다. 운전석에 앉은 스가 씨는 모자를 깊숙이 눌러쓰고 커다란 검은 테 안경을 쓰고 있었다. 시트에 몸을 기대고 입을 다물었다.

"……스가 씨?"

"아, 이 차림?" 스가 씨는 반쯤 웃는 듯한 평소 표정 그대로 앞을 본 채 말했다.

"변장한 거예요?"

"—"

자동차 라디오에서는 감정 없는 목소리로 기상예보가 흐르고 있었다. 『일몰 이후 기온이 급격히 떨어지고 있습니다. 도심의 현재 기온은 12도, 8월로는 관측 사상 최저를—』

딸깍. 스가 씨가 스위치를 껐다.

"……조금 아까 사무실에도 경찰이 왔었어. 미성년 유괴 사건 수사라더군. 모르쇠로 버텼지만 이러다간 내가 의심받게 돼."

"유괴사건……?!"

"네 부모님이 실종 신고를 냈다고 하더라. 자식을 끔찍이 아끼는 부모님이네."

스가 씨가 살짝 웃었다. 더 낮아진 목소리로 "그리고 말이야"라고 말을 이었다.

"너, 총을 가지고 있다며. 거짓말이지?"

"……네?"

"경찰이 CCTV 사진을 보여줬어. 주차장 구석을 확대한 저화질 화면이었지만, 어른에게 총을 겨누고 있던 꼬마가 보이던데, 얘길 듣고 보니 너랑 닮았더라."

제대로 숨이 쉬어지지 않았다. 가슴이 답답했다. 나는 필사적으로 말을 토해냈다.

"그건— 주웠을 뿐이에요! 장난감인 줄 알았고 불량배에 걸려서 그저 위협이나 하려다…… 이미 버렸어요!"

"그게 사실이었다고?" 스가 씨는 정말 어처구니없다는 듯 웃었다.

"총기 불법 소지 혐의란다."

얼굴에서 핏기가 사라졌다. 스가 씨는 모자를 벗어 내 머리에 씌웠다.

"그거 받아. 퇴직금이야."

퇴직금? —말이 들려오긴 했으나 그 의미가 뇌까지 전달되지 않았다. 스가 씨는 여전히 나를 보지 않았다.

"너, 이제 일하러 나오지 마. 이러다 내가 유괴범이 되겠어."

비가 보닛을 두드리고 있었다. 그것은 드럼의 연타처럼 격렬했다.

"딸아이 양육권을 신청 중이야. 한심한 얘기지만 아내가 죽은 후 폐인처럼 지냈거든. 그때 딸을 그쪽 부모에게 빼앗겼고 지금은 한창 교섭 중이야. 그래서 수입이나 사회적 평가가 아주 중요해. 아주 미묘한 시기야. 미안하다."

스가 씨는 내 대답을 기다렸다. 그건 잘 알겠다. 알겠는데 말이 나오지 않았다. 스가 씨가 살짝 한숨을 쉬었다. 그 낮은 한숨 소리에 나는 상처를 입었다.

"……넌, 내일 바로 집으로 돌아가. 그러면 모든 게 제자리로 돌아가잖아? 간단한 일이야. 그냥 페리만 타면 돼."

스가 씨가 지갑을 꺼내 손가락으로 지폐를 세었다.

"그렇게 하는 게 모두에게 좋아."

내 손에 만 엔짜리 지폐를 몇 장 쥐여주며 스가 씨는 드디어 내 얼굴을 봤다. 나는 아마도 울음을 터뜨릴 것 같은 한심한 얼굴을 하고 있었으리라. 스가 씨는 아까부터 계속 내 이름을 불러주지 않았다.

"—이젠 어른이 되어야 해, 소년."

아파트 문을 닫자 방 안에 물건이 어질러져 있었다. 남매는 배낭에 짐을 싸고 있었다. 히나 씨가 고개를 떨어뜨리고 말했다.

"더 이상 여기에 있을 수 없어."

"뭐? 하지만 어디로……?"

"나도 몰라. 하지만……."

"나는 어디든 괜찮아!" 나기 선배가 밝은 목소리로 말했다.

"누나하고 함께라면!"

히나 씨는 사랑스러운 눈빛으로 슬쩍 선배를 보고 다시 시선을 아래로 떨어뜨렸다.

"호다카는, 경찰에 붙잡히기 전에 집으로 돌아가는 게 좋아. 돌아갈 집이 있잖아."

히나 씨까지 스가 씨와 똑같은 말을 했다. 빗소리가 점점 강해졌다. 히나 씨가 나를 보더니 어린아이를 안심시키듯 생긋 웃으며 말했다.

"우리는 걱정하지 마."

"……!"

가슴이 미어졌다. 그 웃음과 말에 흐릿하던 내 사고가 마침내 맑아졌다.

"……난 돌아가지 않아."

남매가 손을 멈추고 나를 봤다. 해야 할 일을 드디어 생각해냈다. 지금이야말로 내가 이 둘을 지켜야 한다. 그러자 다리의 떨림이 순식간에 사라졌다. 나는 크게 숨을 들이쉬고 강하게 내뱉으며 말했다.

"같이 도망치자!"

////

저녁부터 격렬함을 더해가던 비는 밤이 되자 이상할 정도로 강해졌다.

마치 하늘에 달린 수도꼭지가 고장 난 것처럼 탁류 같은 비가 거리에 쏟아졌다. TV에 나오는 도쿄의 원경은 빌딩 아래가 비안개로 가려졌고 빌딩 위는 짙은 안개에 덮여 있어서 뿌옇게 부유하는 폐허처럼 보였다.

『조금 전, 도쿄에 호우 특별경보가 발령되었습니다.』

TV가 말하고 있었다.

『수십 년 만의 호우가 될 우려가 있습니다. 저지대의 침수, 하천 범람에 최대한 경계해주십시오. TV와 라디오, 인터넷으로 지자체의 재해 정보를 확인하고 피난 지시가 있으면 그에 따라주십시오.』

나는 채널을 바꿨다. 신주쿠 역 남쪽 출입구에서 기상 캐스터가 등에 비를 맞으며 소리치고 있었다. 『태풍에 맞먹는 비바람이 귀가하는 시민에게 들이닥쳤습니다! 수도권 전철은 현재 지연이 이어지고 있고—』

다시 채널을 바꿨다. 모든 방송이 기상 정보를 내보내고 있었다.

몇몇 지하철역에서는 침수가 시작되었다. 아라카와와 스미다가와 강변 지역에는 피난 지시가 떨어지기 시작했다. 하네다 공항의 출발과 도착 편도 결항이 이어졌다. 시간당 강우량이 150밀리미터를 넘어서자 각지의 맨홀에서 물이 분출해 내수 범람이 발생했다. 여러 역 앞에서는 택시를 타려는 긴 줄이 생겼다. 귀가 난민이 될 우려가 있습니다, 바로 생명을 지키기 위한 행동에 나서세요, 라고 TV는 말했다. 화면 속 사람들의 입김이 하얗고 모두 추운 듯 팔을 문지르고 있었다.

『8월로는 이례적인 한기입니다. 현재 도내 기온은 10도를 밑돌고 있으며—』

『저기압의 북측에서 도심부로 강한 한기가 유입되고 있

습니다. 한 시간 동안 기온이 15도 이상 떨어졌으며 앞으로 더 떨어질 가능성이—』

기상 캐스터들의 말투가 심각해졌다.

『다시 말씀드립니다. 현재 도쿄에 호우 특별경보가 발령되었습니다. 수십 년 만의 호우가 될 우려가 있습니다. 최신 정보를 확인하고 바로 생명을 지키기 위한 행동에 나서세요—』

『간토 고신 지방을 중심으로, 새벽을 지나서도 활발한 비구름이 모여들 것으로—』

『때 이른 기온의 급격한 저하는 체력이 약한 분들에게는 위험합니다. 옷장에서 두꺼운 윗옷을 꺼내시어—』

『기상청은 이번 이상기후가 앞으로도 몇 주나 계속되리란 전망을 발표해—』

『전례가 없는, 극히 위기에 가까운 이상기후라고 할 수 있죠—』

나는 갑자기 우울해져 TV를 껐다. 그럴 리 없는데도 왠지 내가 질책당하는 것만 같았다. 왜 이러지— 내 방 침대에 엎드려 그 이유를 생각했다.

—설마.

그럴 리 없어. 하지만—.

낮에 공원에서 히나에게 했던 말. "날씨의 무녀는 제물"이라던 신주의 말을 히나에게 전한 일. 그게 이 비의 원인인 것 같은 느낌이 들었다. 그럴 리 없는데. 하지만—.

"나츠미, 이런 날씨에 어딜 가겠다는 거냐!"

아버지의 짜증 섞인 목소리를 들으면서 나는 헬멧을 들고 현관문을 열었다.

////

우리가 탄 야마노테 선은 이케부쿠로 역에서 멈춰버렸다.

차내 방송에서 차장은 피곤한 목소리를 감추지 않고 말했다.

『아— 호우에 따른 교통기관 혼란으로 현재 야마노테 선의 운전 재개 시간을 예상하기 어렵습니다. 게다가 현재 JR 전체 노선에서 대폭적인 지연과 운행 중단이 벌어지고 있습니다. 죄송하지만 대체 교통편을 이용해주십시오. 다시 말씀드립니다……』

뭐야! 결국은 못 간다는 소리야. 내려야 하나. 이제 어떻게 하지? 부모님에게 데리러 와달라고 해야겠다. 사람들은 저마다 불평하면서 차량에서 내렸다.

"어떻게 하지—."

히나 씨의 불안한 목소리를 들은 나는 일부러 미소를 지으며 말했다.

"일단 오늘 밤 잘 곳을 찾자."

"죄송하지만, 방이 다 찼습니다—."

"예약하셨나요?"

"오늘은 이미 만실입니다."

"너희 셋만? 부모님은?"

"신분증이 필요한데—."

모든 호텔에 방이 없었다. 정말 다 만실인지, 아니면 초등학생까지 딸린 아이 셋이 수상쩍어서인지, 우리는 계속 숙박을 거절당했다. 결국에는 다용도 빌딩 지하에 있는 수상쩍은 방 대여소에도 가봤지만 "너희들 가출한 거 아니니?"라는 의심을 받은 끝에 "경찰에 신고하는 것도 귀찮으니 얼른 가라"라며 쫓겨났다.

우리는 그렇게 잘 곳을 찾으면서 역의 동쪽, 서쪽을 잇는 지하 통로를 수없이 왕복했다. 셋 다 커다란 배낭을 메고 그 위에 비옷을 입고 있었다. 몸이 덜덜 떨릴 정도로 기온이 낮아 비는 겨울비처럼 차가웠다. 게다가 거리 여기저기가 침수되어 얕은 수영장처럼 된 탓에 스니커즈가 완전히 젖어버렸다. 몸은 얼었고 발은 시렸으며 짐은 무거웠다. 우리는 완전히 지쳤다. 같이 도망치자고 말한 주제에 하룻밤 잘 곳도 찾지 못하는 스스로가 너무 한심해 화가 났다.

"저기, 저기 봐!"

갑자기 나기 선배가 소리를 높였다. 지하 통로 출구를 가리켰다.

"어, 눈 아냐?"

우리는 놀라 통로에서 나왔다. 가로등 불빛을 따라 펄럭펄럭 춤추는 그것은 분명 눈이었다. 히나 씨의 얼굴을 보니 거의 공포에 가까운 표정을 짓고 있었다. 아마 나 역시 같은 표정이었을 것이다. 지금은 8월이었으니까.

길을 걷던 사람들도 모두 경악해 하늘을 올려다봤다. 커다란 눈송이가 물로 질척이는 아스팔트에 떨어져 소리 없는 파문을 만들어갔다. 전차가 멈춘 선로 주변 도로에는 기묘한 정적이 감돌았다. 기온이 점점 떨어졌다.

친벌이 아닐까—.

비옷 속 반소매 아래로 드러난 팔을 문지르면서 문득 생각했다. 우리가 맘대로 날씨를 바꾼 탓에 하늘 위의 신 같은 사람이 화난 게 아닐까. 인간이 주어진 날씨에 만족하지 않았기에. 제멋대로 푸른 하늘을 바라서.

나는 고개를 저었다. 그럴 리 없어. 하지만— 나는 히나 씨의 말을 떠올렸다.

"그때부터 나는 하늘과 이어진 것 같아."

나는 하늘을 올려다봤다. 마치 여름 하늘의 불꽃놀이처럼 머리 위로 무수한 눈송이가 퍼졌다.

—이 하늘과 히나 씨가 이어져 있다고?

////

케이 짱의 사무실에 도착할 즈음 도무지 믿을 수 없는 상황이 펼쳐졌다. 비가 눈으로 바뀐 것이다.

나는 사무실 뒤에 커브를 세우고 대책 없이 짧은 바지 차림으로 나온 것을 후회하면서 사무실 계단을 뛰어 내려갔다. 문을 열고 안으로 들어갔다.

"진짜 춥네! 케이 짱. 8월인데 눈이 와!"

어깨에 쌓인 눈을 털면서 말했다.

"어머?"

대답이 없었다. 자세히 보니 바 카운터에 케이 짱이 엎드려 있었다. 카운터 위의 TV는 낮은 볼륨으로 떠들고 있었다.

『놀랍게도 도심에 눈이 내리고 있습니다. 오늘 저녁부터 쏟아진 격렬한 호우는 각지에 침수 피해를 일으켰습니다만 오후 9시 현재, 비는 많은 지역에서 눈으로 바뀌었습니다. 예보에 따르면 심야가 지나서는 다시 비로 바뀔 것으로―』

나는 스위치를 껐다. 카운터에는 마시다 만 위스키와 재떨이, 담배꽁초 몇 개가 놓여 있었다. 무슨 일이 있었던 걸까. 나는 엎드려 잠든 케이 짱을 바라봤다. 계속 금연 중이었는데. 케이 짱은 잔뜩 불쾌한 얼굴로 나지막이 코를 골고 있었다. 피부는 푸석푸석했고 머리카락과 수염에는 하얀 털이 섞여 있었다. 이 사람도 나이를 먹었구나. 케이 짱 옆 의자에는 고양이 아메가 몸을 동그랗게 말고 잠들어 있었다. 될 대로 되라는 듯한 표정이 케이 짱과 너무 닮아 나는 살짝 웃고 말았다.

"케이 짱, 일어나. 이러다 감기 걸려."

어깨를 흔들자 케이 짱은 귀찮다는 듯 미간을 찌푸리고 중얼거렸다.

"아스카……."

애절하고 나약한 목소리였다. 나는 좀 놀랐다. 지금도 아내 꿈을 꾸는구나— 나는 문득 그 무렵을 떠올렸다. 4년 전, 그때도 마침 여름이었다. 사무실이 주최한 조촐한 파티. 스낵이었던 곳을 새로 꾸민 이 사무실은 아직 썰렁했고 축하 화환만이 의기양양하게 늘어서 있었다. 모카는 아직 갓난아기여서 케이 짱과 아스카 씨가 손님 접대를 하는 사이 나는 계속 모카와 놀았다. 아직 고등학생이던 나는 교복 차림이었을 것이다. 맞다, 한바탕 손님이 돌아간 후 내가 세 사람의 기념사진을 찍어주었다. K&A플래닝이라고 적힌 창문을 배경으로 아스카 씨가 모카를 안았고 케이 짱은 기쁜 듯 가슴을 펴고 있었다.

"……나츠미야?"

드디어 케이 짱이 눈을 떴다. 요란하게 재채기를 했다.

"윽. 왜 이렇게 추워! 난방을 켜야겠다."

리모컨으로 난방 스위치를 누르자 먼지 냄새가 난 후에 온풍이 나왔다.

나는 카운터 안쪽에서 내가 마실 물 탄 위스키를 만들면서 말했다.

"아이고, 케이 짱도 이제 완전 아저씨네."

"사람은 나이를 먹으면" 케이 짱은 아저씨처럼 양손으로 얼굴을 쓱쓱 문질렀다. "중요한 것의 순서를 바꿀 수 없게 되더라."

"응? 무슨 말이야?"

나는 케이 짱의 옆 의자에 앉았다.

"그런데 호다카는 어디? 아직 안 왔어?"

그렇게 묻자 케이 짱의 얼굴이 잔뜩 흐려졌다.

"쫓아냈다고— 뭐? 거짓말이지?"

"아니, 그러니까 경찰이 여길 찾아왔다니까. 그런 녀석을 그냥 둘 수 있겠어?"

"저기—"

일부러 위악적인 말투를 쓰는 것은 케이 짱이 영 찜찜할 때 하는 버릇이었다. "보통 남보다 내 인생이 중요하잖아."

"뭐? 그래서 금연도 깨고 술 마시면서 죄책감에 절어 있는 거야?"

나는 의자에서 자는 아메를 안아 케이 짱의 얼굴에 들이밀었다.

"촌스러운 아저씨라고…… 아메도 말하잖아."

아메는 귀찮다는 듯 "야옹" 하고 소리를 내줬다.

"정말 촌스러워. 행동 패턴이 완전히 50년대야. 옆에서 좀 비켜줄래? 영감 냄새 나."

나는 아메를 제자리에 놓고 가장 끝 의자로 자리를 옮겼다. 우리는 카운터의 끝과 끝에 앉은 상태였다. 호다카를 쫓아냈다고? 이런 날씨에다가 밤에?

"무엇보다 말이야. 케이 짱은 늘 어정쩡하다니까. 버릴 거였으면 처음부터 데려오질 말아야지. 호탕한 척하면서 사실은 소심한 상식인이라니까. 그런 사람이 제일 질이 나빠."

"뭐? 아버지에게서 도망친 녀석이 할 말이야? 제대로 된 상식인이 싫으면 구직활동도 당장 때려치우고 시인이나 여행가가 되지 그래!"

나는 케이 짱을 노려봤다. 케이 짱은 물 탄 위스키를 한 모금 마시고 나를 노려보며 말했다.

"내가 촌스러우면 너도 마찬가지야. 걔, 히나라고 했나?"

나는 깜짝 놀랐다. 이 사람은 알고 있었다. 우리는 양심의 가책을 공유하고 있었다.

"날씨의 무녀는 제물이라는 말, 그 아이에게 했지? 그 말이 진짜라면 그 아이는 곧 사라지겠지. 그런 말을 떠들어놓고 가만히 있을 수 있어?"

"그렇지만 그건…… 그럼 어떻게 했어야 해?"

"그런 소릴 진짜로 믿지 마. 어차피 그냥 하는 근거도 없는 소리야."

케이 짱은 비웃으면서 담배를 물었다. 얼버무리고 있다. 라이터로 불을 붙이고 보란 듯 깊은 연기를 내뱉었다.

"그렇지만, 만약에―" 푸른 연기가 물에 떨어진 물감처럼 퍼졌다가 사라졌다.

"제물 한 명으로 미친 날씨가 제자리로 돌아간다면 나는 환영이야. 나만이 아니겠지. 사실은 너도 그렇지? 아니, 다들 그럴걸. 누군가의 희생으로 돌아가는 게 이 사회니까. 손해 보는 역할을 맡는 인간은 늘 필요한 법이지. 보통 때는 그런 게 보이지 않지만."

"그게 무슨 소리야?"

나는 불쾌한 목소리를 냈다. 정말 화가 치밀어 올랐다. 무책임함을 못 본 체 넘기려는 케이 짱에게도, 이 미쳐 돌아가는 날씨에도, 케이 짱의 말을 왠지 이해하고 있는 나 자신에게도. 가만히 집에 있을 수 없어 여기까지 온 주제에 결국에는 술이나 마시고 횡설수설하는 나에게 화가 났다.

더는 아무것도 생각하고 싶지 않아 물 탄 술을 단숨에 들이켰다.

////

"너희들, 잠깐만."

갑자기 누가 뒤에서 어깨를 잡아 돌아봤다가 등줄기에 소름이 돋았다.

2인조 제복 경관이었다. 우리 셋은 번화가를 걷던 참이었다.

"이런 날 애들끼리 다니면 위험하잖아? 뭘 하고 있니? 너희들 형제야?"

갑자기 날아든 위압적인 질문에 내가 우물쭈물하자 히나 씨가 한 걸음 앞으로 나섰다.

"지금 집에 가려고요. 저는 대학생이고 얘들은 제 동생이에요."

"음. 네가 누나구나. 잠깐 학생증 좀 보여줄래?"

"안 가지고 나왔어요."

경관 하나와 살짝 눈이 마주쳤다. 놀라서 눈이 조금 커진 것 같았다. 다시 소름이 돋았다. 안 좋은 예감이 들었다. 그 경관은 내게 등을 돌리더니 무전기로 어딘가와 이야기를 나눈 후 내 시야를 가리듯 바로 앞에 섰다.

"너는 고등학생이니? 상당히 큰 배낭을 메고 있구나."

허리를 굽히고 함부로 내 얼굴을 들여다봤다.

"모자 좀 들어볼래?"

설마 나를 찾고 있나—? 총기 불법 소지 혐의라더라—스가 씨의 말이 떠올랐다.

"히나 씨." 나는 옆에 있는 히나 씨에게 귓속말했다.

"응?"

"도망쳐요!"

말이 다 끝나기도 전에 뛰기 시작했다. 내가 히나 남매와 같이 있으면 피해가 된다는 사실을 새삼 깨달았다.

"거기 서!"

발소리가 쫓아왔다. 돌아보지 않고 필사적으로 달렸다. 하지만 바로 배낭을 붙잡혔다. 나는 그 팔을 힘껏 뿌리쳤다.

"공무집행방해!"

호통과 함께 다른 경관이 바로 옆에서 태클을 걸었다. 나는 땅에 깔렸다. 완전히 제압될 것 같았다. 있는 힘을 다해 몸부림쳤다.

"호다카!"

히나 씨가 소리쳤다. 시야 끝으로 달려오는 히나 씨가 보였다.

"오지 마!"

하지만 히나 씨는 내 위에 올라탄 경관에게 힘껏 몸을 던졌다. 경관이 쓰러졌다.

"—이 녀석!" 경관의 눈에 분노가 불타올랐다. 경찰봉을 휘둘렀다.

히나 씨는 잽싸게 양손을 모으고 소리쳤다.

"제발 부탁해요!"

그러자 귀를 찢어버릴 듯한 소음과 함께 시야가 새하얗게 번뜩이더니— 길가에 있던 트럭에 번개가 꽂혔다. 50미터쯤 앞에 번개의 직격으로 공중에 붕 뜬 차체가 슬로비디오처럼 보였다. 한순간 뒤— 트럭이 폭발했다.

소란스러워진 주위. 피난하듯 도망치는 사람도 있고 스마트폰을 들고 달려가는 구경꾼도 있었다.

"……큰일이다!"

잠시 멍하니 있던 경관은 정신을 차리고 화염을 향해 달려갔다.

히나 씨를 보니 맑은 날씨를 기원할 때처럼 손을 모은 채 화염을 바라보며 굳어 있었다. 설마 히나 씨가—? 나는 곧바로 바보 같은 상상을 떨치고 히나 씨의 손을 잡았다.

"이 틈에 어서 가요!"

우두커니 서 있던 나기 선배도 잡아끌며 우리는 그 자리에서 도망쳤다. 어두운 골목 쪽으로 하염없이 달렸다. 마침내 등 뒤로 순찰차와 소방차 사이렌이 들려왔다. 눈발이 점차 강해졌다.

"—1박에 2만8천 엔이야."

"예?"

아주머니는 좁은 창구로 내 얼굴을 올려다보며 심드렁하게 말했다. 예상과는 다른 답이라 나는 절로 말문이 막혔다.

"2만8천 엔이라고. 낼 수 있어?"

"어, 아, 네! 돈 있어요!"

그곳은 변두리 러브호텔이었다. 프런트를 지키던 아주머니는 완전히 젖은 우리 셋을 슬쩍 봤는데도 별말이 없었다. 덜컹덜컹 흔들리는 엘리베이터를 타고 8층으로 올라가 받은 열쇠로 무거운 철문을 열고 방에 들어가 문을 닫았다. 털썩, 우리는 일제히 그 자리에 주저앉았다. 이미 한계였다.

"하아……."

모두 깊은 한숨을 내쉬었다.

"아무래도 나, 지명수배 됐나 봐."

나도 모르게 어두운 목소리로 중얼거렸다.

"완전 멋진데!" 선배가 엄지를 세웠다.

"어, 그래?!"

"호호호."

히나 씨가 웃음을 터뜨리는 바람에 모두 키득키득 웃어

댔다.

"나는 진짜 무서웠어!"

"호다카, 체포될 뻔했어!"

"이 얘기, 사람들한테 먹힐 거야!"

"정말 놀랐다니까. 웃을 일이 아니라고요!"

우리는 더 큰 소리로 웃었다. 그러고 있으니 몸을 채웠던 피로가 눈 녹듯 사라졌다. 그와 동시에 불안도 녹아내렸다. 배터리 잔량이 2%쯤 남은 스마트폰을 아슬아슬하게 충전시킨 것처럼, 점점 힘이 났다.

"방 넓다!"

"침대도 무지하게 커!"

"욕조도 거대해!"

나기 선배가 방 여기저기를 돌아보며 감격해 일일이 소리를 질러댔다. 베이지, 검정, 금색으로 꾸며진 방은 차분하고 세련됐다. 선배는 목욕탕에 더운물을 받았고 히나 씨는 부랴부랴 물을 끓여 차를 만들었다. 그사이 나는 성인 비디오 등 남매의 눈에 띄어선 안 되는 것들을 급히 옷장 깊숙이 숨겼다. 도쿄에 온 후 이것이 아마 가장 긴장감 넘치는 작업이었을 것이다.

“누나, 호다카!”

목욕탕에서 선배가 큰 소리로 불렀다.

“다 같이 목욕하자!”

나와 히나 씨는 마시던 차를 동시에 뿜었다.

“혼자 해!” 나란히 소리 질렀다.

“에이, 그럼 호다카, 남자끼리 씻자!”

“응?!”

히나 씨가 가보라며 재밌다는 듯 웃었다.

“아 따뜻하다…….”

뜨거운 물을 잔뜩 받은 욕조에 나와 선배는 어깨까지 몸을 담갔다.

“응? 이 스위치 뭐지?”

선배는 벽에 있는 버튼을 눌렀다. 갑자기 욕실 전기가 꺼지더니 대신 욕조 안에서 빛을 내기 시작했다. 게다가 쿨럭 쿨럭 물방울이 나왔다. 월풀 욕조였다.

와, 굉장해! 아, 간지러워! 우리는 호들갑을 떨었다.

“목욕 교대!”

남매가 손바닥을 마주쳤다. 히나 씨가 목욕탕에 들어간 사이 우리는 저녁을 준비하기로 했다. TV 밑 선반을 열어

보니 판매기에 핫 스낵과 즉석식품이 진열되어 있었다. 야키소바, 컵라면, 카레밥, 프라이드 포테이토, 닭튀김. 포장 용기만 봐도 군침이 돌았다.

“와, 정말 많다! 호다카, 얼마나 꺼낼까?”

선배가 잔뜩 흥분해 나를 봤다.

“전부 다 먹어버리자! 선배!”

“그래도 돼?!”

“퇴직금을 받았거든.”

“야호!”

선배는 목욕탕을 향해 소리를 높였다.

“누나, 오늘 저녁은 뷔페야!”

기대할게, 목욕탕을 울리는 히나 씨의 목소리가 들려오자 나는 그것만으로도 가슴이 두근거렸다.

“목욕 잘했습니다!”

우리가 핫 스낵을 차례로 전자레인지에 데우는데 히나 씨가 욕실 문을 열며 말했다.

“아, 어서 와.”

중얼거리다가 나도 모르게 숨을 멈췄다. 히나 씨는 하얀 목욕가운을 입고 긴 머리를 한쪽으로 모아 수건으로 감고 있었다. 언제나 하얬던 피부가 살짝 복숭아색이 되어 있었다. 꼬박 5초쯤 뚫어지게 쳐다보고 있었음을 깨닫고 서둘러 시선을 피했다. 히나 씨는 전혀 신경 쓰지 않고 테이블에 놓인 핫 스낵을 보며 "꺅!" 하고 환호성을 질렀다.

"잘 먹겠습니다!"

셋이 손과 목소리를 맞췄다.

"야키소바 맛있다!"

"다코야키 맛있어!"

"카레 맛있다!"

저마다 소리를 질렀다. 음식들은 정말 믿을 수 없을 정도로 맛있었다. 우리는 핫 스낵 상자를 서로 건네주며 같이 맛을 봤다. 카레에 닭튀김을 넣어 치킨 카레를 만들고는 "너무 맛있어. 엄청난 발명이야!"라며 요란을 떨었고, 2분 만에 완성한 컵라면에 "이거 완전히 알 덴테(파스타를 중간 정도로 설익힌 것)네. 편의점에서 먹는 것보다 훨씬 맛있어"라며 호들갑을 떨었다.

저녁을 먹은 후 노래방 기계로 노래 대결을 펼치고 그 후에는 베개 싸움을 했다. 베개와 쿠션을 전력으로 던져댔다. 빗나가도 맞춰도 얻어맞아도 좋았다. 너무 좋고 즐거워서 왠지 눈물이 나올 것만 같았다.

—만약 신이 계신다면, 나는 베개를 던지면서 생각했다.

제발 부탁드립니다.

이걸로 충분합니다.

더 필요한 건 없습니다.

우리가 어떻게든 해볼게요.

그러니 이제 우리에게 그 무엇도 더 주지 마시고 그 무엇도 가져가지 말아주세요.

—베개가 히나 씨의 얼굴에 맞자 그녀의 반격이 곧장 내 얼굴에 날아들었다.

신이시여, 제발, 이렇게 빕니다.

—서로 웃으면서, 나는 태어나 가장 진지하게 기도했다.

우리를 조금만 더 이대로 있게 해주세요.

머리맡 디지털 시계에서 0시가 된 순간 작은 전자음이 울렸다.

잔뜩 난리를 피운 선배는 어느새 침대 벽 쪽에서 완전히 곯아떨어져 있었다. 그 넓은 침대에서 나와 히나 씨는 똑바로 누워 뒤척이고 있었다. 히나 씨에게서는 나와 같은 샴푸 냄새가 났다. 그것만으로도 왠지 뿌듯했다. 방의 조명이 꺼져 침대 조명의 노란 불빛만이 어두컴컴한 주위를 비추고 있었다.

눈이 다시 비로 돌아갔는지, 창밖에서는 다시 강한 비바람 소리가 들렸다. 하지만 그것은 전처럼 폭력적인 소리는 아니었다. 훨씬 더 부드럽고 친밀해, 마치 우리를 위해서만 연주되는 저 멀리서 들리는 큰북의 음색 같았다. 먼 곳에서 오랜 시간에 걸쳐 도착한 특별한 북소리였다. 그 소리는 우리의 과거와 미래를 모두 알고 있고, 우리가 무엇을 결심하고 어떤 선택을 하더라도 절대 탓하지 않고, 모든 역사를 잠자코 받아들여 주었다.

살아요, 그 소리가 말했다. 살아요. 살아요. 그냥 살아요.

"히나 씨."

빗소리에 떠밀려 나는 반지 상자를 내밀었다.

"열여덟 살 생일, 축하해요."

그렇게 말하고 시트 위에 상자를 놓았다. 히나 씨는 놀라며 나를 봤다.

"싼 거지만 히나 씨에게 어울릴 만한 걸로 골라 봤어요."

히나 씨가 상자를 열었다. 천천히 꽃이 피듯 미소를 지었다.

"고마워……."

쑥스러워 나는 짧게 웃었다.

"있잖아, 호다카." 히나 씨의 목소리가 갑자기 낮아졌다.

"이 비가 그쳤으면 좋겠어?"

"응?"

반지에서 고개를 든 히나 씨가 나를 봤다. 살짝 푸른 빛이 감도는 그 눈동자 안에서 어떤 감정이 흔들리고 있다. 하지만 그게 뭔지 알 수 없어 나는 그저 고개만 끄덕였다.

"—응."

그 순간, 마치 하늘이 대답하듯 낮은 천둥이 울렸다. 어딘가에 벼락이 떨어졌는지, 지지직 침대 조명이 깜빡였다. 히나 씨는 천천히 내게서 시선을 떼고 똑바로 누워 천장을 바라봤다. 아아— 내 마음이 뭔가를 알아차렸다. 조금 전 히나 씨의 눈동자에 있었던 것은—.

"나, 인간 제물이래."

"……어?"

"나츠미 씨가 말해줬어. 날씨를 바꾸는 자의 운명. 맑음 소녀가 제물이 되어 이 세상에서 사라지면 날씨가 원래대로 돌아온다고."

그것이 절망이었음을 나는 이제야 알았다.

"아니…… 설마."

나는 어색하게 웃었다. 그럴 리 없잖아. 하지만 후회만이 가슴을 채웠다.

"아니, 그 사람들 하는 말은 늘 대충이잖아…… 설마 그런…… 사라지긴 무슨? 그럴 리—"

내 말을 막듯 히나 씨가 몸을 일으켰다. 그녀는 말없이 목욕가운의 끈을 풀었다. 천천히 왼쪽 팔을 가운에서 뺐다. 나는 눈을 피할 수 없었다. 마침내 히나 씨의 왼쪽 가슴이 드러났다.

"……!"

가슴 너머로 침대 조명이 그대로 비쳤다.

몸의 반이 투명했다.

왼쪽 어깨와 가슴까지가 물처럼 투명해 침대 조명이 몸의 안쪽에서 반사되어 피부를 살짝 빛내고 있다. 나는 그저 멀거니 그 몸을 바라보고 있었다.

"……호다카."

마침내 히나 씨가 입을 열었다. 나는 드디어 그녀의 몸에서 시선을 떼고 히나 씨의 얼굴을 봤다. 울 것만 같은 얼굴이 갑자기 부드러운 미소로 바뀌었다.

"어딜 보는 거야?"

"아무 데도 보지—!"

나는 반사적으로 말했다—. 하지만 큰일 났다. 내가 울어선 안 된다. 안 되는데—.

"—히나 씨를 보고 있어요……"

눈이 고장 난 것처럼 눈물이 쏟아졌다. 나는 양손으로 열심히 닦아댔다. 눈물 따위 처음부터 흐르지 않았던 것으로 만들고 싶어 주먹으로 눈을 눌렀다.

"……왜 네가 우는 거니?"

히나 씨가 다정하게 웃었다. 이럴 때마저 당신은 웃는구나. 나는 더 울고 말았다.

"처음에는 아무 일도 없었어. 그런데 어느 날 깨달았어. 맑은 날을 기도할 때마다 몸이 투명해져."

왜 몰랐을까. 손바닥을 통해 하늘을 바라볼 때 드러나던 그녀의 슬픈 표정을. 아니 나는 알면서 못 본 척했던 걸까.

"이대로 내가 죽으면……."

너무나 너무나 다정한 목소리로 히나 씨가 말했다.

"분명 원래의 여름이 돌아올 거야. 나기를 잘 부탁해."

"싫어요!"

나는 소리쳤다.

"안 돼요! 히나 씨는 사라지지 않아요! 우리 셋은 함께 살 거예요!"

자신의 말이 너무 유치해 스스로 절망했다. 하지만 다른 말은 찾을 수 없었다.

"호다카……."

히나 씨가 곤란한 표정으로 나를 봤다.

"히나 씨, 우리 약속해요."

나는 그녀의 손을 잡았다. 왼손 약지에 반지를 끼웠다. 그것은 작은 날개 모양을 한 은색 링이었다. 그 손가락도 살짝 투명해져 있었다. 물속에서 올라오는 작은 공기 거품이 피부 아래로 보였다.

"—"

히나 씨는 약지의 반지를 바라봤다. 말로 표현되지 못한 한숨을 내뱉었다. 당장이라도 눈물을 흘릴 것 같은 눈동자로 나를 봤다. 그게 얼마나 유치한 말인지 알았지만 나는 필사적으로 말했다.

“내가 일해서 돈 벌게요! 모두 잘살 수 있을 정도로 제대로 벌게요! 이제 맑음 소녀 일은 관뒀으니 몸도 곧 예전으로 돌아올 거예요!”

히나 씨의 눈에서 뚝뚝 눈물이 떨어졌다. 울게 했다는 죄책감이 나를 덮쳤다. 그때 갑자기 히나 씨가 나를 꽉 안았다.

“……”

히나 씨는 나를 위로하듯 내 머리를 다정하게 쓰다듬었다. 나는 어찌해야 할지 몰라 오로지 히나 씨를 안은 팔에 힘을 더했다. 이러면 그녀를 이곳에 잡아둘 수 있을 거야, 그렇게 빌고 또 빌었다. 그렇게 믿었다. 그럴 거라 믿어 의심치 않았다. 세상은 틀림없이 그런 거다. 강하게 바라면 분명 그대로 이루어질 거야.

그렇게 생각하고 빌었다. 기도했다.

히나 씨는 울면서 내 머리를 하염없이 쓰다듬었다. 멀리서 또 천둥소리가 울렸다.

제9장

쾌청

그날 밤, 나는 꿈을 꿨다.

섬에 있었을 때의 꿈이었다.

그날 아버지에게 맞은 통증을 잊으려고 자전거 페달을 막무가내로 밟고 있었다. 그날 분명 섬에는 비가 왔다. 하늘에는 묵직한 비구름이 흘렀는데 그 틈으로 몇 개의 빛줄기가 뻗어 나왔다. 이곳에서 벗어나고 싶어, 저 빛에 들어가고 싶어, 필사적으로 해안도로를 자전거로 달렸다. 따라잡았다! 그렇게 생각한 순간 그곳은 해안의 절벽 끝이었고 햇살은 바다 저 너머로 흘러가 있었다.

—저 빛 속으로 가자. 그날 나는 결심했고—

그리고 그 끝에 당신이 있었다.

////

그날 밤, 나는 꿈을 꿨어.

처음 너를 보았던 날.

심야 맥도날드에 혼자 있던 너는 마치 길 잃은 새끼고양이 같았지. 하지만 내가 살아야 할 의미를 찾게 해준 건, 미아 같던 너였지.

너와 만나 일을 시작하고 맑은 날을 하나 만들 때마다 누군가의 미소가 늘었어. 나는 그게 너무 기뻐 맑음 소녀 일을 계속한 거야. 누구 탓이 아니라 나 자신의 선택이었어. 혹여 깨달았을 때 이미 돌이킬 수 없는 곳까지 와 있었지만— 나는 너를 만나 정말 행복했어. 만약 너를 만나지 못했다면 나는 지금도 내 세계를 사랑하지 못했을 거야.

너는 지금 울다 지쳐 내 곁에서 자고 있어. 뺨에 눈물 자국이 그대로 남았네. 창밖에서는 격렬한 빗소리와 멀리서 들리는 북소리처럼 천둥이 울려. 내 왼손에는 작은 반지가 끼워져 있고. 네가 선물해준 인생 최초의— 아마도 마지막일 반지. 나는 반지 낀 내 손을, 잠든 네 손에 살짝 얹었어. 네 손은 밤의 태양처럼 다정한 온도를 가지고 있네.

얹어진 손에서 파문이 퍼지듯, 이윽고 불가사의한 일체감이 온몸으로 퍼져 왔어. 내 경계가 세상에 녹아들고 있어. 기묘한 행복과 애절함이 온몸으로 퍼져.

—싫어. 온몸을 채우는 행복과 동시에 나는 생각해. 아직 싫어. 나는 아직 네게 아무것도 전하질 못했는데. 고맙다고도 좋아한다고도 말하지 못했는데. 넓게 퍼지며 열어지는 의식을 필사적으로 끌어모아. 감정과 사고를 어떻게든 묶어놓으려고 해. 나는 목소리를 냈어. 목이 있는 위치를 찾아 공기가 그곳을 스치는 감촉을 기억하려고 했어— 호다카.

"호다카."

조금 갈라진 목소리는 방의 공기를 살짝 흔든 게 다였어.

"호다카. 호다카. 그러니까—"

이제 목에 감각이 없어. 내가 없어지고 있어. 내가 사라져. 나는 마지막 힘을 쥐어 짜내어 네 귀에 말을 전하려고 했어.

"울지 마. 호다카."

"—!"

눈을 떴다.

잠들었다. 꿈을 꿨다.

나는 천천히 몸을 일으켰다. 주위는 새하얀 안개에 덮여 있었다. 가는 안개비가, 얇은 종이를 비비듯 아주 작은 소리를 내며 주위에 떨어졌다.

……내가 뭘 하고 있었더라?

생각이 나질 않았다. 내 안에 남은 것은 물로 희석된 어떤 것의 흔적 같은 것뿐이었다.

아까부터 내 주위를 투명한 물고기가 살랑살랑 헤엄치고 있었다. 하늘의 물고기들을 멍하니 바라보다가 나는 문득 깨달았다. 뭔가 있었다. 온도를 지니지 못한 내 몸 안에 아주 미세하나마 따뜻한 곳이 있었다.

그곳은 왼손의 약지였다. 나는 손을 들어 눈앞으로 가져왔다. 작은 은색 날개가 약지에 끼워져 있었다.

"……호다카."

내 입이 움직였다.

호다카? 그 단어가 내 온몸을 살짝 따뜻하게 했다.

후드득.

깜짝 놀랄 정도로 큰 소리를 내며 빗방울이 왼손에 떨어졌다. 물로 만들어진 내 손은 빗방울을 흡수하며 부르르 떨렸다.

후드득, 후드득, 후득.

계속 빗방울이 떨어졌다. 내 윤곽이 계속 흔들렸다. 온몸에 파문이 퍼졌고 파문은 다른 파문과 부딪쳐 더 큰 파문을 만들었다. 이렇게 많은 파문에 흔들리다가는 내 몸이 무너지겠다. 불안이 커졌다.

그때 빗방울 하나가 약지에 떨어졌다. 반지가 밀리며 물의 손가락에서 빠져나갔다.

"앗!"

떨어진 반지를 재빨리 오른손으로 붙잡았다.

"—아!"

그러나 반지는 오른손도 통과해버렸다. 그대로 땅으로 빨려 들어가 사라졌다. 절망이 끓어올라 나는 순간 너를 강하게 떠올렸다. 다시 감정이 일렁였다. 그러나 그 감정도 쓱 녹아버리듯 퇴색됐다. 그저 어렴풋한 슬픔만이 남았다.

나는 이제 뭐가 슬픈지도 모른 채 울기만 했다. 그저 계속 울었다. 물고기들은 말없이 내 주위를 춤추며 돌아다녔다.

마침내 비가 멎고 안개가 사라졌다.

나는 드넓은 초원에 있었다. 더없이 푸른 하늘. 일렁이는 초원이 눈부신 태양에 빛났다.

나는 지상에서는 절대 볼 수 없는 구름 꼭대기 위에 펼쳐진 초원에 있었다. 나는 푸르름이자 순백이고, 나는 바람이자 물이었다. 세상의 일부분이 된 내게는 기쁨도 슬픔도 없었다. 그저, 다만, 어떤 현상처럼 눈물만 계속 흘렀다.

////

나는 흠칫 놀라며 잠에서 깼다.

심장이 미친 듯 뛰고 있었다. 관자놀이가 찢어질 것처럼 요동치고 있었다. 온몸에서 땀이 분출했다. 피 흐르는 소리가 탁류처럼 귓가에 쟁쟁했다.

바로 위에 있는 것은 낯선 천장이었다. —여기가 어디지? 생각에 집중하니 점점 피 소리가 약해지고 귀가 다른 소리를 잡아내기 시작했다.

참새가 지저귀는 소리. 차의 소음. 아주 작게 들리는 사람 소리.

아침 거리의 소리였다.

—히나 씨.

갑자기 모든 게 떠올랐다. 옆에서 자고 있을 히나 씨를 봤다.

"……!"

마치 허물처럼 목욕가운만이 그곳에 있었다. 히나 씨가 사라졌다.

"……히나 씨! 히나 씨, 어디 있어요!"

나는 벌떡 일어났다. 세면실을 둘러보고 욕실을 들여다보고 옷장까지 열었다. 히나 씨는 어디에도 없었다.

"……호다카, 왜 그래?"

눈을 뜬 나기 선배가 눈을 비비며 불안한 목소리로 말했다.

"히나 씨가 없어졌어. 어디에도!"

"뭐?!"

선배의 놀란 표정이 곧 안쓰러울 정도로 일그러졌다.

"……나, 조금 전까지 꿈을 꿨어."

"응?"

"맑은 날씨를 기원하는 누나의 몸이 공중에 붕 뜨더니—

하늘로 사라지는 꿈이었어…….”

나는 숨을 멈췄다. 버려진 빌딩의 도리이에서 하늘로 올라가는 히나 씨의 모습이 선명하게 뇌리에 떠올랐다. 그러고 보니 나도 같은 꿈을—.

쿵쿵!

갑자기 입구 쪽 문에서 거친 노크 소리가 울렸다.

“문 열어! 어서 열어!”

남자의 낮은 목소리가 크게 말했다. 이 목소리— 필사적으로 생각해내려는데 딸깍 자물쇠가 풀리는 소리가 나고 문이 열렸다.

구두를 신은 채 들어온 사람은 경찰관이었다. 제복을 입은 남성 경관과 여성 경관, 그리고 양복을 차려입고 머리를 뒤로 빗어 넘긴 리젠트 스타일의 몸집이 큰 남자.

“모리시마 호다카 맞지?”

리젠트가 내 바로 앞에 서서 차가운 시선으로 경찰 수첩을 꺼내 보였다.

“알고 있겠지. 너는 실종 신고가 되어 있어. 그리고 총기·폭발물 불법 소지 혐의도 있고. 서까지 동행해주겠나?”

나는 대답할 수 없었다. 도망칠 데도 없었다. 그때 선배의 목소리가 크게 울렸다.

"—이거 놔요. 이거 좀 놓으라고요!"

"괜찮아. 자, 같이 가자."

여성 경관이 침대 위에서 도망치고 있는 선배를 잡으려던 참이었다.

"선배!"

도와주려고 몸을 움직였는데 팔에 심한 통증이 찾아왔고 침대에 얼굴이 박혔다.

"가만있어." 머리 위로 불쾌한 듯한 목소리가 났다. 리젠트 형사가 내 팔을 비틀고 있었다.

떠밀리듯 호텔에서 나오니 눈이 부셨다.

눈부신 햇살이 거리를 내리쬐고 있었다. 양지는 노출에 실패한 사진처럼 허옇게 빛났고 그늘은 텅 빈 구멍처럼 완전히 검고 짙었다. 머리 위에는 구름 한 점 없는 새파란 하늘이 펼쳐져 있었다. 그 푸르름은 너무 파래서 마치 만들어 놓은 것처럼 보였다. 그 푸른 하늘은 가짜 같았다. 눈부신 햇빛이 폭력적으로 내 눈을 찔러, 저릿한 통증과 함께 하염없는 눈물을 만들었다. 그러는 동안 매미가 미친 듯 울어댔다. 수많은 사람이 일제히 비난을 퍼붓는 것만 같았다.

"멈추지 말고 가."

리젠트가 돌아보며 말했다. 제복 경관이 내 뒤에 딱 달라붙어 따라왔다. 밀려 아스팔트로 나오자 발목까지 물에 잠겼다. 주위 도로는 모두 침수되어 있었다. 거리 전체에 거대한 물웅덩이가 생겼다.

"도심에서 물이 빠지려면 며칠은 걸리겠어."

뒤에 있는 제복 경관이 침울한 듯한 목소리로 말했다.

"전차가 전면 중지되어 온 도쿄가 혼란스럽지만, 그래도 푸른 하늘을 보니 좋네. 3개월 만에 간토 전 지역이 맑은 거래."

나는 눈의 통증을 참으며 푸른 하늘을 노려봤다. 한 점 얼룩도 없는 푸르름 속에서 그녀의 기척을 찾았다. 그럴 리 없다는 마음과 다 알지 않느냐는 마음이 머릿속에서 소용돌이쳤다.

"빨리 와!"

순찰차 옆에 선 리젠트가 질책하듯 소리쳤다.

"—!"

그때 머리 위에서 뭔가가 빛났다. 나는 응시했다. 다시 빛났다. 어떤 작은 조각— 톡, 작은 물방울을 터뜨리며 내 발밑에 떨어졌다. 나는 주저앉아 물속으로 손을 넣었다.

"잠깐, 뭘 하는 거니?"

리젠트가 짜증스럽게 말했다.

"……아!"

온몸에 소름이 돋았다. 그것은 반지였다. 지금 하늘에서 떨어진 것은 내가 히나 씨의 약지에 끼워주었던, 바로 그 작은 은색 날개였다.

히나 씨가, 인간 제물이—?

"히나 씨, 아니지?!"

나는 벌떡 일어났다. 이봐! 하고 제복 경관이 어깨를 잡았다. 나는 개의치 않고 달리기 시작했다. 경관이 내 양팔을 잡아 제지했다. 몸부림을 치면서 하늘을 향해 전력을 다해 소리쳤다.

"히나 씨, 돌아와! 히나 씨! 히나 씨!"

하지만 푸른 하늘은 조금의 흔들림도 없이 내 목소리를 흡수해버렸다.

"……자."

옆에 앉은 리젠트가 커다랗게 한숨을 쉬고 귀찮다는 듯 말을 꺼냈다.

“이제 좀 마음을 가라앉혔니?”

나를 태운 순찰차는 침수된 도로를 천천히 달렸다.

“자세한 얘기는 서에 가서 듣겠지만 우선 네게 확인하고 싶은 게 있는데.”

나는 고개를 숙인 채 대답하지 않았다. 리젠트는 개의치 않고 말을 이었다.

“너와 같이 어젯밤 사라진 소녀는 아마노 히나, 15세 맞지?”

“예……?”

퍼뜩 고개를 들었다. 리젠트가 심드렁한 표정으로 나를 내려다보고 있었다.

“어디 갔는지 짐작 가는 데는?”

“히나 씨가 열다섯……? 열여덟이 아닌가요?”

리젠트의 눈썹이 살짝 올라갔다.

“그애는 아르바이트 할 때 나이를 속여 이력서를 냈어. 돈을 벌어야 하기 때문이었겠지. 하지만 아마노 히나는 아직 중학교 3학년, 의무교육이 필요한 나이야. ……넌 몰랐던 거야?"

"뭐야……." 제멋대로 말이 흘러나왔다. "그럼 내가 제일 나이가 많았잖아……."

리젠트가 혀를 차는 소리에 내가 눈물을 흘리고 있다는 걸 깨달았다.

"저기 말이야." 초조함을 숨기지 않고 형사가 말했다. "갈 만한 곳 진짜 몰라?"

갑자기 가슴 안쪽이 타는 것처럼 뜨거워졌다. 이건— 분노였다. 맹렬하게 화가 치밀어 올라왔다.

"히나 씨가……" 나는 리젠트를 노려봤다.

"히나 씨가 가서 이렇게 하늘이 맑아진 거예요! 그런데 아무도 모르고 바보처럼 좋아하기나 하고……."

다시 눈물이 차올랐다. 나는 내내 울고만 있었다. 그게 너무 한심해서 절로 무릎을 안았다.

"이런 게 어딨어……."

입에서 흘러나온 소리가 너무 어린애 투정 같아서 나는 더 울고 말았다.

"귀찮게 됐군……." "정신 감정이 필요할까요?"

형사들이 나지막이 소곤거렸다. 순찰차 창밖으로 햇살을

받은 거리가 반짝반짝 빛나면서 흘러갔다.

////

맥박이 뛸 때마다 머리가 지끈지끈 아팠다.

요즘은 하룻밤 자고 나도 술이 깨질 않았다. 이제 막 일어났는데 몸은 완전히 피곤했다. 게다가 창밖이 너무 눈부셔 눈의 초점이 제대로 맞지 않았다. 그래도 나는 TV에서 눈을 떼지 못했다. 눈을 비비면서 채널을 계속 바꿨다. 보도 리포터 주제에 이놈 저놈 다 잔뜩 흥분해 있었다.

『몇 개월 만일까요. 간토 평야가 눈부신 햇살에 둘러싸여 있습니다!』

빛과 그림자로 또렷이 나뉘어, 마치 묘지의 비석 같은 도심 빌딩군이 TV에 나오고 있었다. 다른 채널에는 물에 잠긴 도로를 아이들이 뛰어다니고 있었다.

『어젯밤 호우가 거짓말 같습니다. 기온은 오전 8시 시점에 25도를 넘어—』

『아라카와의 강변 지역을 중심으로 많은 지역이 침수되었습니다. 수심 10센티미터 정도인 곳부터 저지대에서는

50센티미터 가까운 지역도 있어—』

『도내 JR과 사철은 모두 운행이 중지된 상태로 현재 복구 작업이 이루어지고 있습니다. 어젯밤의 피해 규모는 아직 알려지지 않았지만, 교통 인프라 회복에 적어도 며칠은 걸릴 예상—』

『그래도 오랜만에 나타난 화창한 푸른 하늘에 사람들의 표정이 밝습니다!』

확실히 거리를 걷는 사람들은 모두 웃고 있었다. 날씨 하나에 사람들의 기분이 이토록 바뀌는구나. 나는 멍하니 남일처럼 생각했다. 나로 말하자면— 이유는 모르겠으나 하나도 기쁘지 않았다. 그럴 의도는 없었는데 벌레를 밟아 죽였을 때처럼, 묘한 찜찜함이 아까부터 가슴을 채웠다. 저기, 너도 마찬가지 아니야— 그렇게 묻고 싶은데 나츠미는 이미 가고 없었다.

나는 크게 한숨을 쉬었다. 이유도 모르는 생각을 한없이 하고, 생판 남의 들뜬 목소리를 들어봤자 달라질 건 없었다. TV 스위치를 껐다. 일어나 창 앞에 섰다. 창밖에는 수조처럼 물이 차 있었다. 반지하인 사무실 창문과 밖의 콘크리트 벽 사이에 빗물이 1미터 정도 차 있었다. 얇은 창틀에는 여기저기 금이 가 있어서 물이 졸졸 새고 있었다.

별생각 없이 나는 창틀에 손가락을 댔다. 수압으로 창문은 꼼짝도 하지 않았다. 살짝 힘을 주었다. ―그러자 갑자기 유리가 깨지며 물이 사무실로 들어왔다. 물줄기는 창가에 쌓아 놓은 책을 넘어뜨리고 서류를 방구석까지 쓸어버렸다. 나는 멀거니 그 모습을 바라봤다. 물은 사무실 전체 바닥이 발목 언저리까지 차오른 뒤에야 드디어 멈췄다.

『아빠, 바깥 하늘 봤어?!』

발신자를 보니 모카였다. 나는 모카의 목소리를 들을 때마다 작은 아이의 목소리는 그 자체가 생명이라고 생각했다.

『날이 정말 맑아! 저기, 나 또 공원에 가고 싶어!』

기뻐하는 목소리가 귓가에 날아들었다. 세상 모든 것이 자신을 위해 준비되어 있다고 믿고, 자신이 웃을 때는 세상도 웃을 거라 믿어 의심치 않으며, 자신이 울 때는 세상이 자신만을 괴롭힌다고 생각할 때이다. 얼마나 행복한 시기인가. 나는 언제, 그런 시기를 놓쳤나. 그 녀석은― 호다카는 지금, 그런 시기에 있을까.

"—아." 나는 대답했다. "아빠는 오늘이라도 공원에 갈 수 있어. 모카가 할머니께 부탁해보렴."

『응! 아, 저기 아빠, 나, 어제 굉장한 꿈을 꿨어!』

"응? 어떤?"

그렇게 말하는데 양쪽 팔에 흠칫 오한이 들었다. —모르길 바랐는데.

『히나 언니가 맑은 날을 기도해주는 꿈!』

역시— 하고 나는 체념하며 떠올렸다. 그랬다. 나도 같은 꿈을 꾸었다. 도리이가 있는 빌딩 옥상에서 맑음 소녀가 하늘로 올라가는 광경을. 그리고 나는 문득 생각했다. 어쩌면 도쿄의 모든 사람이 같은 꿈을 꾸지 않았을까. 모두가 내심, 이 푸른 하늘이 누군가와 맞바꿔 찾아온 거라는 사실을 알고 있는 게 아닐까.

"……그러네. 그럴지도 몰라."

나는 쉰 목소리로 말하면서 볼펜으로 힘주어 쓰듯 머릿속으로 그럴 리 없다고 생각했다.

////

순찰차가 도착한 곳은 이케부쿠로 역 근처의 경찰서였다.

끌려 나오듯 차에서 내려졌고 경관이 앞뒤로 호위하는 상태로 경찰서 안으로 들어가, 끌려간 곳은 좁은 간격으로 문이 늘어서 있는 어두컴컴한 통로였다. 문 옆 팻말에는 '취조실'이라고 적혀 있었다.

"……저기, 형사님."

나는 과감하게 말을 꺼냈다.

"……왜?"

리젠트가 돌아보며 차가운 시선으로 나를 내려다봤다. 나는 의식적으로 숨을 들이쉬었다. 순찰차 안에서 생각한 말을 용기를 내어 내뱉었다.

"히나 씨를— 찾으러 가게 해주세요. 저는 그동안 그 사람에게 계속 도움만 받았어요. 이번에는 제가 돕고 싶어요. 찾으면 여기로 돌아올게요. 약속해요—."

"이야기는 말이야."

리젠트는 조금도 표정을 바꾸지 않고 말하고 눈앞의 문

을 열었다.

"안에서 해, 자!"

형사는 손바닥으로 내 등을 밀었다. 안으로 들어오니 그곳은 드라마에서 본 듯한 좁은 취조실이었다. 작은 책상과 전기스탠드, 마주 놓인 파이프 의자. 내 뒤에서 형사들이 낮은 목소리로 대화했다.

"야스이 씨는?" "야마부키초 쪽을 조사하고 있습니다."
"나는 지금부터 취조하겠다고 전해줘." "알겠습니다."

나는 바로 결심했다.

머리를 숙여 문과 경관 사이로 방을 빠져나왔다. 왔던 방향으로 전력 질주했다.

"아니……! 얘, 거기 서!"

조금 있다가 뒤에서 고함이 들렸다. 나는 돌아보지 않고 힘껏 계단을 뛰어내렸다. 층계참에 손을 대고 착지한 후 그 기세로 1층까지 뛰어 내려갔다.

"그 녀석을 잡아!"

몇 사람이 놀란 표정으로 나를 봤다. 경찰서 안은 좁아 눈앞의 로비를 지나면 출구였다.

"서라!"

목검을 든 수위가 출구 옆에서 갑자기 튀어나왔다. 피하려는 순간 발이 미끄러졌다.

"으악!"

바닥을 구르게 된 나는 다행히 슬라이딩하는 상황이 되어 우연하게도 수위의 다리 사이를 통과했다. 재빨리 일어나 차가 오는데도 차도로 뛰어들었다. 경적이 울려댔고 좌회전하던 트럭에서 "이 정신 나간 녀석아!"라고 고함이 날아왔다. 그러나 나는 전혀 개의치 않고 뒤도 돌아보지 않은 채 오로지 달렸다. 달리면서 이게 실화냐! 하며 스스로 놀랐다. 기적이었다. 경찰서에서 도망치고 말았다. 하지만 이대로 가면 체포된다. 아무래도 발이 필요했다.

거리 모퉁이에 자전거가 놓여 있는 게 보였다. 나는 그것에 뛰어들었다. 스탠드를 발로 차올리고 출발하려는 순간 덜컹! 하고 걸렸다. 차 바퀴와 가드레일이 키 와이어로 연결되어 있었다.

"젠장!"

나는 초조했다. 온 길을 돌아보니 리젠트가 무시무시한 표정으로 달려오고 있었다. 나는 황급히 주위를 둘러봤다. 길 양옆에서도 나를 포위하듯 제복 경관들이 달려오고 있었다. 그때였다.

"호다카!"

놀라 소리가 난 쪽을 보니 노란 스카프를 휘날리면서 한 여성이 핑크 커브를 타고 질주해왔다.

"나—!"

나츠미 씨였다. 내 눈앞에 돌진하듯 멈추더니 곤혹스러운 듯 소리쳤다.

"너, 도대체 뭐 하는 거니?!"

"나, 히나 씨를 찾으러 가야 해요—!"

나츠미 씨의 눈이 놀라움으로 커졌다. 그러더니— 내가 잘못 본 게 아니라면, 갑자기 신이 난 듯 입가를 씩 올렸다.

"타!"

"거기 서라고, 이 자식들아!"

바이크는 형사 바로 앞에서 나를 세우고 급발진했다.

"멍청한 녀석들이!"

리젠트의 욕설이 등 뒤로 멀어졌다. 나츠미 씨는 좁은 골목길로 들어갔다. 여기저기 침수되어 있어서, 커브는 물보라를 일으키면서 요란하게 달렸다. 욱신욱신 눈을 아프게 했던 태양도 정신을 차리고 보니 익숙한 밝기로 돌아와 있었다.

"나츠미 씨, 왜—"

나는 거친 운전에 휘말려 떨어지지 않도록 힘껏 붙잡으면서 물었다. 나츠미 씨는 앞을 본 채 대답했다.

"나기가 전화했더라! 히나가 없어졌고 넌 경찰에 붙잡혔다고!"

"나기 선배는 어디?!"

"아동상담소에 보호되어 있대."

그때 순찰차 사이렌이 들려왔다. 뒤에서 다가오는 것 같았다.

"이거 설마, 우리를—"

"이거 재미있겠다!" 나츠미 씨가 신나게 웃었다. 헬멧에 올려져 있던 고글을 장착하고 "우리, 진짜 지명수배자네!"라고 말하며 더욱 액셀을 돌려댔다.

"그런데 어디로 가면 돼?"

나츠미 씨가 완전히 들뜬 목소리로 내게 물었다. 기온이 점점 올라갔다. 성대한 매미 소리를 비집고 순찰차의 날카로운 울림이 다가왔다. 시야의 저 끝에 신주쿠의 고층 빌딩군이 물에 비친 듯 흔들렸다.

////

커다란 공원 옆에 있던 그곳은 상상했던 것보다 평범한 건물이었다.

접수처에서 방문한 이유를 말하자 "여기에 주소와 성명을 적어주세요"라고 방문자 명부를 건넸다. 보니 바로 위에 「사쿠라 카나」라는 이름이 적혀 있었다. 그 녀석이구나. 나는 생각했다. 다른 사람의 성을 함부로 사용하다니. 나는 앙갚음 삼아 「하나자와 아야네」라고 적고 주소도 엉터리로 적어넣었다.

"그는 아주 인기가 많네요." 접수를 보던 백발 아저씨가 감탄한 듯 말했다. "오자마자 벌써 두 명째 면회예요."

"아, 그래요?"

나는 씩 웃는 것으로 인사하고 뺨에 흘러내린 머리카락을 귀 뒤로 넘겼다. 긴 머리는 정말 성가시고 답답하다니까. 사람 좋아 보이는 아저씨는 웃으며 "가보세요"라고 말했다.

"아야네! 와줬구나?"

면접실이라고 적힌 문을 열자 나기가 웃으며 맞았다.

그 밝은 모습이 평소와 다름없어 나는 안심했다. 그래, 나기라면 어떤 상황에서도 괜찮을 것이다. 그는 누구보다 고생을 많이 한 사람이지만 누구보다 따뜻했고 누구보다 머리가 좋았다. 그 점을 가장 잘 아는 사람이 나였다. 나기의 건너편에는 카나가 얌전히 앉아 있었다. 슬쩍 나를 노려본 후 작위적인 미소를 지었다. 나도 입술 끝을 올려 웃어줬다. 나기가 싹싹하게 처음 대면하는 우리를 각각 소개했다.

"카나, 여기는 아카네야. 아카네, 이쪽은 카나야."

알고 있었다. 우리는 버스정류장에서 여러 번 스친 적이 있었다. 부드러운 긴 머리의 하나자와 카나는 나보다 한 학년 아래인 초등학교 4학년이었다. 짜증스럽게도 나기의 현재 여자 친구였다. 그러나 나는 연상의 여유를 보여줘야 했다. "잘 부탁해." 나는 상냥하게 행동했다. "저야말로." 카나가 얌전하게 고개를 숙였다. 나기는 이어서 아까부터 무표정하게 벽 끝에 앉아 있는 어른을 손으로 가리켰다. 상상보다 젊은 언니였는데 눈썹이 완전히 완고했다. 그렇구나, 이 사람이—

"이쪽은 여성 경찰인 사사키 누님. 이분이 나를 여기까지 데려와줬어. 오늘 온종일 곁에 있을 거래!"

"아, 굉장하다. 나기 군, VIP인가 봐!"

나는 여경에 대한 적의를 목소리에 살짝 넣어 더욱 목소리를 높였다.

"잘 부탁드려요!"

박자를 맞춰 카나와 함께 고개를 숙이자 여경은 말없이 인사했다. 정말 무뚝뚝한 아줌마네.

"둘 다 오늘 정말 고마워! 갑자기 연락해서 많이 놀랐을 텐데."

어린이용 의자에 앉은 나기가 말했다. 그곳은 작은 방으로 책장에는 도서관에나 있을 법한 그림책이 꽂혀 있고 집짓기 놀이나 블록 등 장난감도 놓여 있었다. 벽에는 '모두가 지키는 아이의 미래'라는 커다란 포스터가 붙어 있었다.

정말이야! 우리는 동시에 외쳤다.

"경찰에게 보호되다니, 너무 놀라 심장이 멎는 줄 알았어!" 내가 말하자

"맞아, 정말이야! 내 심장은 지금도 엄청나게 뛰고 있어. 나기, 잠깐 만져서 확인해볼래?"라며 카나가 몸을 내밀었다.

가슴을 만져서 확인하라고?! 이 계집애, 이런 식으로 나오겠다고? 우리를 감시하던 여경이 놀란 표정을 지었다.

“어머, 진짜다!”

나는 순식간에 카나의 가슴을 꽉 움켜쥐었다.

카나는 잔뜩 성이 난 얼굴로 나를 노려봤고 나기는 하하하 하고 호탕하게 웃었다. 여경은 우리의 사회생활을 당황스러운 표정으로 바라봤다. 그런데 카나의 가슴은 확실히 쿵쿵 뛰고 있었다. 이 아이도 긴장한 것이다.

나기가 갑자기 카나를 향해 윙크했고 카나는 살짝 고개를 끄덕였다. 신호였다. 카나가 조용히 걸어가 경관 앞에 섰다.

“아, 저기요!”

주저하며 말을 흐리는 카나를 보고 경관은 의아한 시선을 보냈다.

“……왜 그러니?”

“아…… 저, 이런 곳은 처음이라, 너무 긴장이 돼서……”

“뭐?”

“저기…… 화장실 좀……”

“아!” 그런 말이었어? 경관의 얼굴이 안심한 듯 환해졌다.

"아, 알았다. 이쪽이야."

덜커덩, 문이 닫혔다. 방에는 나와 나기 둘뿐이었다. — 드디어!

우리는 동시에 의자에서 일어났다. 옷을 벗기 시작했다.

"미안해. 이 은혜는 꼭 갚을게!" 후드티를 벗은 나기의 얼굴에는 평소의 미소가 없었다. 그도 초조한 것이다.

"정말, 무슨 짓이야! 아무리 급해도 전 여친을 불러내다니!"

나는 말하면서 어깨에 걸쳤던 숄을 풀고 긴 머리 가발을 벗었다. 내 진짜 머리는 나기만큼 짧은 쇼트커트였다.

"끌어들여서 미안해. 하지만 너밖에 부탁할 사람이 없었어."

알았다고. 사실은 연락을 받아 기뻤어.

"자!" 나는 쑥스러움을 얼버무리려고 일부러 불쾌한 표정을 짓고 나기에게 가발을 내밀었다. 그리고 원피스 벨트를 풀었다.

"저쪽 봐. 나도 벗을 테니까!"

부디 나기의 구출 계획이 무사히 이루어지게 해주세요. 나는 신에게 그렇게 빌면서 원피스를 벗었다.

////

이 녀석, 어느새 아주 무거워졌네.

옆구리에 안겨 있는 아메는 저항 없이 완전히 안심한 듯 쭉 힘을 빼고 있었다. 나는 한 손으로 사무실 문을 열려고 했다. 차오른 물의 저항으로 문이 무거워져, 나는 어깨로 밀어 문을 열었다. 우울해질 정도로 극성인 매미 소리와 작열하는 태양이 쏟아졌다.

"—스가 케이스케 씨, 어젯밤에는 실례했습니다."

좁은 바깥 계단을 오르고 있는데 머리 위에서 목소리가 들렸다. 올려다보니 어젯밤 사무실에 왔던 형사였다.

"……또 무슨 일이죠?"

나는 보란 듯 크게 한숨을 쉬었다.

"아이고, 이제서야 진짜 여름이 돌아왔군요."

내가 에둘러 비꼬는데도 아랑곳하지 않고 야스이라고 했나, 그 장년의 형사는 수건으로 흰머리가 꽤 많은 머리의 땀을 닦았다. 뒤에는 젊은 제복 경관이 말없이 서 있었다.

"내가 알고 있는 건, 어제 다 말했습니다."

나는 그렇게 말하면서 아메를 아스팔트 위에 내려놓았

다. 무슨 일이냐는 얼굴로 아메가 나를 올려다봤다. 이제 주인이 없으니 어디든 좋은 데로 가. 나는 눈으로 그렇게 말했다.

"잠깐 사무실 안을 보여주겠어요?"

야스이 형사는 그렇게 말하고 경관과 나란히 내 옆을 지나쳐 계단을 내려갔다. "이런, 물에 잠겼군요. 유감입니다." 그다지 동정하지도 않으면서 그는 중얼거렸다.

"잠깐, 잠깐만요! 맘대로 행동하지 마십시오! 아무도 없다고요!"

내 말에 형사들은 현관 앞에서 걸음을 멈췄다.

"아니, 부끄러운 일입니다만—"

야스이 형사는 일단 말을 꺼내고 시험하듯 내 얼굴을 봤다.

"여쭸던 그 가출 소년 말입니다, 오늘 아침에 찾았습니다. 그래서 보호해 서로 데려왔는데 그게 사실은—"

나는 감정을 삼키고 무관심과 무표정을 가장했다. 뜸을 들이듯 한참 시간을 두고 형사는 곤란한 표정으로 말했다.

"도망쳤어요. 경찰서에서 말입니다. 이거 전대미문의 일입니다."

"……!"

내 무표정이 여전히 유지되고 있을지 자신이 없었다. 야옹 하고 걱정스럽게 아메가 울었다.

////

"요요기에 있는 폐건물?"

나는 뒤에 앉은 호다카에게 되물었다. 눈에는 보이지 않으나 순찰차 사이렌은 가까워졌다가 멀어지기를 반복하면서 끊임없이 계속 들려왔다.

"응. 히나 씨가 거기서 맑음 소녀가 됐다고 했어요! 거기서 하늘과 이어져버렸다고!"

"……!"

호다카의 그 말에 잊고 있었던 어젯밤 기억이 고개를 들었다. 그러고 보니 히나가 기도하면서 하늘로 올라가는 꿈을 꾸었다. 그곳이 요요기라면 여기서 그리 멀지 않았다.

"그러니까 거기에 가면 틀림없이—"

"고개 숙여!"

나는 순간적으로 고개를 숙이면서 소리쳤다.

"으악!"

쓰러진 전신주가 거리를 막고 있었고 커브는 그 밑을 아슬아슬하게 통과했다. 도로에는 어젯밤의 호우 흔적이 여기저기 남아 있었다. 도로를 막은 건축자재, 흩어진 나뭇가지와 쓰러진 나무, 간판, 사람이 타다 버린 자동차, 장애물을 피하면서 계속 뒷길을 달리니 곧 눈앞에 큰길이 다가왔다. 갑자기 순찰차 소리가 커졌다.

"이런!"

뛰어든 4차선 도로 바로 뒤에 사이렌을 울리는 순찰차가 있었다. 순찰차가 바싹 따라붙어 추격하는 상황이었다.

『거기 커브 스쿠터! 멈추세요!』

날 선 목소리로 순찰차의 메가폰이 호통쳤다. 그런 말을 한다고 지금 와서 서겠나. "그 형사야!"라고 호다카가 말했다. 큰 교차로가 다가왔다. 그것은 메지로 역 모퉁이였다. 분명히 이 근처에—.

"꽉 잡아!"

나는 등 뒤를 향해 소리치며 힘껏 액셀을 돌렸다. 차선을 대각선으로 가로질러 교차로를 우회전해 오는 트럭 코앞까지 뛰어들었다.

"으악!"

호나카가 비명을 질렀다. 커브는 트럭을 아슬아슬하게 피해 빌딩 틈에 있는 좁은 계단으로 뛰어들었다. 순간 차체가 공중에 떠올랐다. 덜컹, 서스펜션이 작동하며 커브는 층계참에 착지했고 그대로 덜컹덜컹 계단을 내려갔다. 어이없다는 표정의 통행인들이 스쳐 지나갔다. 그대로 좁은 선로변 도로로 빠져나왔다.

"나 좀 멋지지 않아?"

나는 마치 비행기에서 뛰어내리기라도 한 듯 흥분해 소리쳤다. 아드레날린이 분출했다. 미친 듯 웃음이 나왔다. 호다카는 내 허리를 꽉 안고 "저기 나츠미 씨?!"라고 겁먹은 목소리로 말했다. 순찰차 사이렌 소리가 점점 멀어졌다. 나는 웃으면서 말했다.

"와, 죽여주네! 나, 이게 적성인가 봐!"

그 순간 기가 막힌 생각이 내 머리에 번뜩였다.

"—나!"

그랬다, 이게 바로 내 직업 적성인 것이다!

"오토바이 순찰대원이 될까 봐!"

호다카가 울상이 되어 소리쳤다.

"이제 받아주지 않을 거야!"

아, 그렇겠네.

뭐, 일단 구직활동은 생각하지 말자.

요요기로 가자! 나는 정신을 차리고 핸들을 꽉 잡았다.

////

"소년이 도망친 이유 말인데요, 아무래도 같이 있던 소녀를 찾으려는 것 같은데."

나는 바 카운터 옆에 기대 야스이 형사가 사무실 여기저기를 살피는 모습을 노려보고 있었다. 아무도 없는 사무실을 보면 바로 돌아가지 않을까 기대했는데 이 중년 남자는 도통 그럴 생각이 없는 것 같았다.

"이상한 말이긴 하지만—" 하며 형사는 창문을 올려다봤다. "그 애 말로는 이 맑은 날씨 대신 소녀가 사라진 거라고."

하하, 나는 웃고 말았다.

"그게 뭡니까? 경찰이 그런 얘길—"

"물론, 믿는 건 아니지요."

형사도 웃으며 말했다. 기둥에 손을 대고 뭔가를 물끄러미 바라봤다. 그 기둥은—.

"그런데 그 소년은 자신의 인생을 건 것처럼 보여요."

형사는 쭈그려 앉아 눈을 가늘게 뜨고 기둥을 바라봤다.

"그렇게까지 해서 찾고 싶은 사람이 있다니, 왠지 부럽기도 합니다."

그 기둥에 새겨져 있는 것은 세 살까지 여기서 자란 모카의 키였다. 아스카의 글씨도 있었다. 글씨도 기억도 마치 며칠 전 일인 것처럼 선명하게 그곳에 남아 있었다.

"저한테 왜 그런 말씀을……."

나는 부루퉁하게 형사에게 말했다. 그렇게까지 해서 만나고 싶은 사람이 호다카에게는 있는가. 나는 어떤가. 모든 걸 내던지면서까지 만나고 싶은 사람. 세상 모두가 너는 틀렸다고 손가락질해도 만나고 싶은 누군가.

"—스가 씨, 당신."

형사가 조용히 말을 꺼냈다. 내게도 전에는 있었다. 아스카. 혹시 당신을 또 만날 수 있다면 나는 어떻게 할까. 나도 틀림없이—.

"괜찮은 겁니까?"

형사가 일어나며 말했다. 뭔가 이상하다는 표정으로 내 얼굴을 바라봤다.

"어? 제가 왜요?"

"아니, 당신 지금, 울고 있잖소."

나는 내 눈에서 눈물이 흐르고 있는 사실을 듣고 나서야 깨달았다.

////

사람을 태우지 않고 정차해 있는 전차의 창문이 태양을 번쩍번쩍 반사하면서 뒤로 흘러갔다. 모습은 눈에 보이지 않았으나 순찰차 사이렌이 다시 들리기 시작했다. 오랜만에 찾아온 한여름 날씨에 헬멧 안이 정말 뜨거웠다. 뒤에 앉은 호다카의 체온도 뜨거웠다. 하지만 내 머릿속은 고원의 바람을 맞고 있는 듯 쨍하게 깨어 있었다. 경찰서에서 도망친 남자아이를 바이크에 태운 채 순찰차와 말도 안 되는 자동차 추격전을 벌이고 이제 버려진 빌딩으로 향하고 있다. 히나를 구하기 위해 범죄를 저지르고 있는 주제에(그렇다, 아까부터 우리가 한 일은 완벽한 범죄 행위였다), 그

근거는 그저 꿈이었다. 스스로 생각해도 웃음이 나왔다. 하지만—.

축축하고 무거워진 옷을 전부 벗어 던진 것처럼, 지금의 나는 정말 후련했다. 구직활동도 법률도 모르겠다. 나는 완전히 옳은 일을 하고 있다. 나는 의심할 여지없이 정의의 편에 서 있다. 이야기의 주인공 쪽에 있다. 이렇게 고민 없이 생각한 게 얼마 만인가.

"—나츠미 씨, 저거!"

뒤에서 호다카가 소리쳤다.

"……!"

우리가 달리고 있는 완만한 비탈길 앞이 커다란 연못처럼 수몰되어 있었다.

나는 주변을 살폈다. 선로를 따라 난 이 길은 외길이었다. 연못의 폭은 눈짐작으로 대략 10미터였고 그 너머로 다시 길이 이어져 있었다. 사이렌 소리는 점점 가까워지고 있었다. —갈 수 있어. 가는 수밖에 없어.

"뛰어들게!"

"네?!"

나는 소리치면서 동시에 최대한 액셀을 돌렸다. 수면이

쑥쑥 다가왔다. 연못 바로 앞에서 나는 핸들을 살짝 들었다. 노면의 저항이 순간적으로 사라졌다.

"으아아아악!"

호다카의 비명을 놀리기라도 하듯 커브는 수면을 달렸다. 요란하게 물보라가 일었다. 바로 옆에 카메라가 돌고 있다— 느닷없이 그런 기분이 들었다. 우리 말고는 모두 조연이야. 세상의 모든 것이 우리를 위해 준비된 것이다. 나는 세상 한가운데 서 있고 내가 빛날 때는 세상도 빛난다. 저쪽 아스팔트까지는 이제 얼마 남지 않았다— 아아, 세상은 얼마나 아름다운가—.

철퍼덕, 그러나 물의 저항이 타이어를 멈춰 세웠다. 커브는 물에 미끄러지면서 부글부글 거품을 내뱉으면서 가라앉았다.

"—여기까지야!"

나는 분명하게 호다카에게 말했다. 내 역할은 여기까지였다. 사실은 뛰어들기 전부터 알았다. —하지만.

"호다카, 어서 가!"

"응!"

호다카는 커브의 짐칸을 발판 삼아 수몰된 트럭 지붕에

손을 짚었다. 커브를 차고 그 힘으로 트럭 지붕에 뛰어올랐다. 내 커브는 완전히 물에 잠겼고 나도 바이크에서 내렸다. 물은 허리 정도 높이였다.

호다카는 주저하지 않고 가시 돋친 철조망을 기어올랐다.

"고마워요, 나츠미 씨!"

소년은 딱 한순간 내 눈을 보고 말하더니 선로로 뛰어내려 곧장 달리기 시작했다. 나는 숨을 크게 들이쉬고 최대한 큰 목소리로 소리쳤다.

"호다카, 달려!"

그는 이제 나를 잠깐도 돌아보지 않았다. 점점 멀어져갔다. 나는 웃고 있었다. 순찰차 사이렌이 바로 근처까지 들이닥쳤다.

—나는 여기까지야, 소년.

가슴속으로 다시 그렇게 말했다.

내 소녀 시절은, 내 청춘은, 내 모라토리엄은 여기까지야.

소년, 내가 먼저 어른이 되어 있을게. 너와 히나가 동경해 마지않는 어른이. 아아, 빨리 저렇게 되고 싶다는 생각이 드는 어른이. 엄청나게 멋진, 케이 짱 같은 사람은 성에 차지도 않을, 아직 아무도 본 적 없는 슈퍼 어른이.

멀어지는 사춘기의 뒷모습을 바라보면서 맑게 갠 기분으로 나는 기도했다.

그러니까 너희는 꼭 무사히 돌아와야 해.

제10장

사랑이 할 수 있는 것은 아직

전차도 달리지 않고 인적도 없는 선로는 칙칙한 갈색 모래사막을 연상시켰다.

밀집한 건물 속에서 이곳만 조금 높은 언덕을 이루고 있었고 널찍한 부지에는 네 개의 레일이 나란히 달리고 있었다. 그리고 저 멀리 신주쿠 빌딩군이 마치 다른 세상에서 슬쩍 내비친 경치처럼 아지랑이에 흔들렸다.

나는 계속 모래언덕을 내달렸다.

가짜 같은 푸른 하늘과 그 하늘을 지탱하는 하얀 기둥 같은 거대한 적란운이 나를 차갑게 내려다보고 있었다.

히나 씨.

히나 씨, 히나 씨, 히나 씨.

나는 쾌청한 하늘을 노려봤다.

히나 씨, 당신 거기 있어?

"저기 있잖아, 호다카."

그때 당신은 뭔가 시작될 듯한 환한 미소를 지으며 말했다.

"이제부터 맑아질 거야."

그때 나는 반짝반짝 빛나는 여우비 가운데에서 당신에게 뭔가를 받았다.

"너 주는 거야. 비밀로 해."

그날 밤, 압도적으로 맛있었던 햄버거. 당신 방에서 먹었던 즉석 감자칩 볶음밥.

"어리네. 나는 다음 달이면 열여덟 살이 돼!"

당신은 줄곧 누나처럼 행동했고 나는 늘 응석을 부렸다.

"—저기 말이야, 도쿄에 오니 어때?"

당신의 질문에 나는 대답했다.

"그러고 보니— 이젠 숨막히진 않아요."

하지만 그건, 당신을 만났으니까.

당신이 내게 소중한 걸 주었으니까.

"나, 정말 좋아. 이 일, 하늘을 맑게 하는 일."

밤하늘에 잇따라 피어오르는 불꽃. 화약과 뒤섞인 밤의 냄새. 도쿄의 냄새와 당신 머리카락 냄새.

당신은 그날 나를 보고 다정한 미소로 말했지.

"그래서 고맙다고, 호다카."

땀이 눈에 들어왔다. 머리가 타는 듯 뜨거웠다.

헬멧을 쓴 채 달리고 있다는 걸 그제야 깨달았다. 거칠게 벗어 던졌다.

당신이 내게 준 것은, 그게 희망이든 동경이든 인연이든, 어쨌든 그것은 이전의 내게는 없었던 것들이었다. 그리고 어쩌면 사랑. 그리고 무엇보다 용기. 당신이 준 용기가 지금 나를 이렇게 달리게 하고 있었다.

마침내 선로 끝에 덩그러니 떠 있는 잔교 같은 역 플랫폼이 보였다. 플랫폼에 서 있던 역무원이 나를 보고 놀라 소리를 질렀다.

"거기 너!"

"선로에 들어가면 안 돼! 멈춰!"

나는 대답하지 않고 그대로 달려 역을 빠져나왔다. 다카다노바바 역을 지나 신오쿠보 역까지 지나자 선로 폭은 더 넓어졌다. 부지 곳곳에 쓰러진 나무와 건축자재 같은 기와 조각이 굴러다녔고 복구 작업원의 모습이 여기저기 보였다. 그들은 내게 호통을 치고 경적을 불어댔다. 그래도 멈추지 않고 달렸다. 다리가 그저 앞으로 내달렸다. 가슴은 그저 공기를 들이마시고 내뱉기만 했다. 나는 계속 히나 씨를 생각했다.

정신을 차리니 드디어 낯익은 신주쿠 빌딩군 속을 달리고 있었다. 수없이 지나쳤던 커다란 가드레일 위를 달렸다. 홀로 선로 위를 달리는 나를 수많은 행인이 쳐다봤다. 모두의 스마트폰이 나를 향하고 있었다. 웃거나 비웃었다.

모두, 사실은 다 알고 있으면서— 라고 나는 달리면서 생각했다.

모두 뭔가를 짓밟으며 사는 주제에. 누군가의 희생 위에서만 살 수 있으면서. 히나 씨 대신 푸른 하늘을 얻은 주제에.

그것은 나도 마찬가지였다.

『업무 방송. 업무 방송. 야마노테 선 플랫폼에 사람이 출입—』

눈앞으로 다가온 요새 같은 신주쿠 역에서 구내방송이 들려왔다. 작업복 차림의 많은 사람이 복구 작업의 손길을 멈추고 나를 봤다.

『무단횡단하는 일반인으로 여겨집니다. 안전을 최우선으

로 하고 확보는 철도경찰에 일임해주십시오.』

—미안, 미안해요.

나는 속으로 수없이 사과하면서도 신주쿠 역 구내를 달려서 빠져나왔다. 수많은 플랫폼과 기둥, 전선이 뒤로 흘러갔다.

미안, 미안해. 히나 씨, 미안해. 맑음 소녀 일을 시켜서. 모든 걸 당신 혼자 짊어지게 해서.

역무원과 작업원이 어이없는 듯 나를 봤다. 위험해요! 멈춰요! 소리만 지를 뿐 직접 내게 손을 대는 어른은 아무도 없었다. 이윽고 기둥이 늘어선 어두컴컴한 터널로 들어갔다. 침수된 콘크리트 바닥을 뛰는, 철벅거리는 내 발소리가 생판 남처럼 등 뒤로 들렸다.

그리고 터널을 나오자 다용도 빌딩 너머에 요요기의 버려진 빌딩이 보였다.

"—있잖아, 호다카."

어젯밤 침대에서 했던 말이 아주 먼 옛날처럼 느껴졌다. 반지에서 고개를 들고 히나 씨는 똑바로 나를 보고 말했다.

"넌 이 비가 멎기를 바라니?"

그리고 나는—.

"……헉! 헉, 헉, 헉……."

버려신 빌딩 앞에서 나는 드디어 걸음을 멈췄다. 가슴은 산소를 찾아 크게 들썩였다. 온몸에서 뿜어져 나오는 굵은 땀방울이 발밑의 물웅덩이에 떨어져 차례로 파문을 만들었다. 올려다보니 옥상의 도리이가 햇살에 빨갛게 빛나고 있었다.

그때 나는 왜 그렇다고 대답했을까.

왜, 날씨 같은 건 어찌 되든 상관없다고 말하지 않았을까.

맑은 날이든 비가 오든, 당신만 있으면 된다고 왜 말하지 못했을까.

저기, 히나 씨.

당신을 위해— 내가 할 수 있는 것이 아직 있을까?

////

버려진 빌딩은 어젯밤의 비바람 때문인지 크게 무너져 있었다.

원래 낡아빠진 건물이었지만 지금은 외벽이 거의 떨어져 기와가 선로에까지 흩어져 있었다. 나는 선로 옆 담장을 기어올라 빌딩 부지로 뛰어내린 다음 무너진 벽을 통해 안으로 들어갔다.

버려진 빌딩 안은 조용하고 어두웠으며 눅눅한 공기가 가득했다. 여기저기 뚫린 구멍에서 햇살이 줄기처럼 쏟아져 들어와 바닥과 벽에 복잡한 명암 문양을 만들었다. 나는 옥상을 향해 안쪽 계단을 뛰어 올라갔다. 몇 층쯤 올라가니 층계참이 무너져 계단이 막혀 있었다. 안쪽 계단으로는 더 올라갈 수 없어진 나는 비상계단으로 나와 그 층의 방으로 뛰어들었다.

그때였다.

"호다카!"

눈앞에 큰 사람 그림자가 나타나 이쪽으로 다가왔다. 빛줄기가 그 얼굴을 비추었다.

"—스가 씨?"

그것은 스가 씨였다. 스가 씨는 나를 노려봤다.

"호다카, 한참 찾았잖아."

"아니…… 왜?"

"네가 지금 무슨 짓을 하는지 알기나 해?"

그 목소리에는 왠지 분노가 담겨 있었다. 나도 모르게 나도 화를 냈다.

"히나 씨가 사라졌어요!"

"—!"

"제 탓이에요. 제가 맑음 소녀 일을 시켜서."

"호다카, 너—"

"이번에는 제가 구해야 해요……!"

갑자기 순찰차 사이렌이 대화에 끼어들었다. 나는 귀를 기울였다. 아직 멀다. 하지만 우물쭈물할 때가 아니었다.

"가야 해요!" 나는 달려가려 했다.

"잠깐 기다려!" 스가 씨가 내 팔을 잡았다. "대체 어딜 가려고?!"

"저길 통해 다른 세상으로 갈 수 있어요!"

나는 그렇게 말하고 방 천장을 가리켰다. 무너져 구멍이 뻥 뚫린 천장 너머로 붉은 도리이의 머리가 보였다. 하늘 위는 피안(彼岸), 하늘 위는 다른 세계.

"너, 무슨 소리야……."

"틀림없이 하늘에 있어요! 비상계단을 따라 저기까지 가야 해요!"

나는 앞으로 나가려고 했으나 강하게 팔을 붙잡혔다.

"호다카!"

"구해야 해요!"

"기다려. 하늘에 뭐가 있다는 거야."

내 팔을 잡은 스가 씨의 힘이 강해졌다.

"이거 놔요!"

"정신 차려!"

짝, 뺨을 맞았다. 그 통증 덕분에 순찰차 사이렌이 바로 옆에서 들리고 있음을 느닷없이 깨달았다. 스가 씨가 허리를 숙여 내 눈을 들여다봤다.

"일단 진정해, 호다카. 지금 당장 경찰에게 가는 게 좋아. 말하면 이해해줄 거다. 넌 나쁜 짓을 하지 않았으니까."

나는 혼란스러웠다. 스가 씨가 왜 경찰 편을? 사이렌이 빌딩 아래에서 멈췄다. 쿵! 여러 대의 차 문 닫히는 소리. 달려오는 발소리. 스가 씨는 내 양팔을 잡고 애원하듯 말했다.

"이대로 계속 도망치면 돌이킬 수 없어져. 너도 알잖아?"

나는 도통 이 사람이 무슨 소릴 하는지 알 수 없었다. 도망쳐? 도망치는 사람이 누군데? 못 본 척하고 있는 사람이 누구냐고?

"걱정하지 마." 스가 씨가 갑자기 다정하게 말했다.

"내가 같이 가줄게. 같이 이야기하자. 응?"

그렇게 말하면서 억지로 나를 출구로 끌고 갔다. 나는 어른의 힘에 못 이겨 질질 끌려갔다.

"이거 놔! 놓으라고요!"

"진정하라니까!"

"이거 놔!"

나는 힘껏 스가 씨의 팔을 물어뜯었다.

"악! 이 자식!"

스가 씨가 내 배를 찼다. 나는 벽에 등을 부딪쳤다가 바닥에 고꾸라졌다. 욱, 한심한 목소리가 제멋대로 흘러나왔다.

"……!"

눈을 뜬 그 자리에 잡초에 파묻힌 권총이 있었다. 언젠가 내가 버린 총이었다. 나는 재빨리 그것을 잡고 바닥에 쭈그린 채 총구를 스가 씨에게 향하게 했다.

"방해하지 마요!"

스가 씨가 눈을 부릅떴다. 슬쩍 웃으며 곤란한 목소리로 말했다.

"호다카……? 너, 그런 걸—"

"히나 씨가 있는 곳에" 나는 힘껏 눈을 감았다. "가게 해 주세요!"

탕—!

묵직한 발포 소리가 버려진 빌딩을 뒤흔들었다. 나는 천장을 향해 방아쇠를 당겼다. 스가 씨는 입을 쩍 벌리고 있었고 그 눈은 너무 어이가 없다는 듯 크게 벌어져 있었다. 왜—. 나는 스가 씨를 노려보면서 생각했다. 왜 나는 좋아하는 사람에게 총을 겨누고 있을까. 왜 그를 비롯한 모든 사람이 터무니없이 내 앞을 가로막는가.

"모리시마 호다카! 총 버려!"

여러 구두 소리가 방으로 뛰어 들어왔다.

"아니?!"

스가 씨의 목소리가 뒤집혔다. 리젠트를 선두로 총을 겨눈 경찰이 네 명. 나와 스가 씨는 순식간에 포위되었다.

"아, 그게, 그러니까, 잠깐 기다려요! 오해예요, 다 설명할게요!"

스가 씨가 필사적으로 상대를 달랬으나 형사들은 험악한 표정 그대로 총을 겨눈 채 나를 노려봤다. 나는 여전히 총을 들고 있었다.

"저기 호다카, 지금 둘이 얘기했지? 이제 같이 경찰에 가기로 했다고요!"

나는 대답하지 않고 일어나 경찰을 노려보며 총을 겨눴다.

"너……." 스가 씨가 경직된 목소리로 내뱉었다.

"모리시마, 총을 내려놔!" 중년 형사가 소리쳤다.

"제발 쏘게 만들지 마." 리젠트가 중얼거렸다. 나는 눈앞의 어른들을 차례로 노려보면서 각자에게 총구를 겨눴다. 아까부터 무릎 떨림이 멈추질 않았다. 그저 서 있을 뿐인데 심장이 마구 날뛰고 있었다. 목구멍을 통과하는 공기가 타는 듯 뜨거웠다.

"호다카, 이제 됐으니까 일단 그것 좀 내려놔, 응?"

스가 씨가 내게는 떨리는 목소리로 말하더니 주위 형사들에게 거칠게 말했다.

"무엇보다 말이야, 당신들 잘못이라고! 다 큰 어른들이 어린애 한 명한테 총을 들이대고 말이야, 이 녀석은 아직 열여섯이라고! 이런 일이 가당키나 해?! 이 녀석은 범죄자가 아니라고, 그냥 가출한 애라고!"

"그냥 좀 놔둬요!"

나는 그렇게 소리쳤다. 전원이 나를 봤다.

"왜 막아요! 다들 아무것도 모르면서, 모르는 척하면서!"

자신의 의사와는 상관없이 제멋대로 눈물이 솟았다. 총구 끝의 어른들 모습이 흐려졌다. 다 틀렸나. 다 끝난 건가. 나는 이대로 아무것도 하지 못한 채 잡히는 건가. 그 사람에게 받은 용기를, 내 안에 있는 절절한 감정을, 써보지도 못한 채 나는 끝나는 건가.

"나는 그저, 한 번만 더 그 사람을—"

눈물을 흘리면서 나의 모든 것이 소리쳤다.

"—만나고 싶은 거라고요!"

나는 총을 버렸다. 경관의 시선에서 벗어난 순간의 틈을 노려 나는 창문을 향해 달렸다. 그 앞에 비상계단이 있었다. 그러나 리젠트가 잽싸게 내 목덜미를 낚아챘다. 그대로 등을 감싸듯 덮쳤다. 나는 기와 조각이 널브러진 바닥에 얼굴부터 쿵 꽂혔다. 너무나 큰 고통에 시야가 일그러졌다.

"용의자 확보!"

내 등에 올라탄 리젠트가 그렇게 말하고 내 왼쪽 손목에 수갑을 채웠다.

"이거 놔요!"

이대로 가면 양손이 묶인다. 나는 있는 힘껏 몸부림을 쳤다. 하지만 등에 올라탄 리젠트는 꿈쩍도 하지 않았다. 다른 경관이 달려오는 모습이 시야 끝으로 보였다.

"이것들이—" 그때 스가 씨의 목소리가 울렸다.

"호다카한테 손대지 마!"

직후 몸 위의 리젠트가 날아갔다. 나는 놀라 고개를 들었다. 스가 씨가 리젠트 위에 올라타 있었다.

"이게—"

스가 씨는 고함치면서 몸을 일으킨 리젠트를 주먹으로 때렸다.

"호다카, 가라!"

순간 스가 씨와 시선이 마주쳤다. 나는 벌떡 일어났다. 뛰기 시작했다. 드잡이하는 스가 씨와 형사들을 지나쳤다.

"거기 서!"

그러나 중년 형사가 창 앞을 막아서고 내게 총을 겨누고 있었다.

"—호다카!"

갑자기 고성이 들려 주위를 살폈다.

"나기?!"

나는 내 눈을 의심했다. 원피스 차림의 나기가 방의 다른 입구에서 달려오고 있었다. 그대로 중년 형사에게 달려들었고 형사는 바닥에 쓰러졌다. 나기는 형사의 얼굴을 마구 때리면서 소리쳤다.

"호다카, 모든 게 호다카 탓이야!"

나기가 나를 노려봤다. 눈은 울어서 퉁퉁 부었고 콧물도 흘려, 어린애 같은 얼굴로 나기가 소리쳤다.

"우리 누나, 다시 데려와!"

"—!"

나는 그 말에 걷어차이기라도 한 듯 창문을 통해 비상계단으로 뛰어내렸다. 착지한 순간 녹슨 금속 발판이 푹 꺼지더니 떨어져 나갔다. 순간적으로 난간을 잡았다. 몸을 끌어당겨 비상계단을 오르기 시작했다.

떨어진 발판이 땅에 떨어지며 요란한 소리를 냈다. 나는 달렸다. 달리고 또 달렸다. 남은 힘을, 히나 씨에게 받은 용기를, 내 안에서 계속 아우성치고 있는 마음을, 지금에야말로 전부 써버리기 위해 나는 달렸다. 마침내 옥상으로 뛰어올랐다.

신이시여—.

나는 생각했다.

부디. 제발. 제발.

나는 믿어요. 굳게 믿어요.

도리이를 통과하면서 마음을 다해 빌었다.

다시 한번, 히나 씨가 있는 곳으로—.

제11장

푸른 하늘보다도

눈을 뜨자 그곳은 짙푸른 하늘이었다.

파랑은 한없이 짙어 검은색에 가까웠다. 그리고 발밑에는 푸르게 빛나는 거대한 곡선이 펼쳐져 있었다. 하늘과 대지의 경계— 지구였다. 공기는 얼어붙을 듯 차가워 숨을 뱉을 때마다 얼어 반짝반짝 빛났다. 나는 하늘의 아주 높은 곳에서, 속수무책으로 곧장 떨어졌다. 그런데도 공포는 없었다. 눈을 뜬 채 꿈을 꾸는 것 같은 기묘한 감각이었다.

아주 멀리서 하늘이 울었다. 그쪽을 보니 붉은빛이 구름에서 우주를 향해 번쩍거렸다. 번개일까— 나는 지상과는 전혀 다른 현상의 세계에 있었다.

마침내 눈 아래로 하얀 띠 하나가 보이기 시작했다. 지평선의 끝에서 끝까지를 횡단하는, 거대한 구름 띠였다. 마치 복잡하게 얽힌 큰 나무처럼 천천히 일렁이면서 태양과 반대 방향으로 흘러갔다.

"저거……."

낙하해 띠에 다가간 내 눈에 기묘한 게 보였다.

"용……?!"

가까워짐에 따라 그 띠는 생물체처럼 보였다. 거대한 하얀 용이 서로 얽혀 서로를 삼키려고 하면서 지구를 빙 둘러싸고 있었다.

"저게…… 하늘의 물고기……?"

나는 그 순간 머리 위에서 어떤 기척을 느껴 고개를 들었다. 눈을 부릅떴다. 거대한 한 마리 용이 새하얀 입을 벌리고 내게 다가왔다.

"으아아아아악!"

용이 나를 삼켰다. 용의 몸 안은 탁류 같았다. 물도 안개도 아닌 어둠 속을, 한없이 이어진 폭포로 떨어지는 듯, 나는 속수무책으로 흘러갔다. 온몸에 톡톡 부드러운 게 부딪쳤다. 간신히 눈을 떠보니 작은 물고기 떼 같았다. 마침내 밝은 빛이 들어오는 곳이 보였다. 그리고 나는 갑자기 푸른 세상 속에 있었다.

용의 몸을 빠져나온 것이었다.

주위의 하늘은 낯익은 푸른 하늘이었다. 올려다보니 용의 띠가 점점 멀어졌다. 공기는 쨍하니 차가웠지만 이제 얼어붙을 듯한 허공은 아니었다. 떨어지는 내 몸 주위에 하늘의 물고기 몇 마리가 붙어 있다는 걸 알았다. 물고기는 물처럼 투명해 호텔에서 봤던 히나 씨의 몸과 비슷했다. 이 하늘에 그녀가 있다— 나는 확신했다. 차가운 공기를 크게 들이마셨다. 몸에서 나올 수 있는 가장 큰소리로 나는 그녀의 이름을 불렀다.

"히나 씨—!"

////

저 멀리서 큰북 소리가 속삭이듯 울렸다.

쿵, 쿵, 쿵.

아니야. 이건 심장 고동이야. 누구지?

나의. —나? 내가 아직 있나?

쿵, 쿵, 쿵.

고동이 빨라졌다. 내 몸이 제멋대로 눈을 떴다. 왜?

—내 이름을 불러줘서.

콩닥, 콩닥, 콩닥.

―기도가 여기까지 닿아서. 내가 존재하기를, 그가 바랐으니까.

"―히나 씨!"

들렸다. 내 이름을 부르는 그의 목소리가 전해졌다. 나는 눈을 떴다. 사사삭, 나를 둘러쌌던 물고기들이 멀어지는 모습이 시야 끝에 잡혔다. 그들의 일부가 되지 않았구나. 나는 어렴풋이 그렇게 생각했다. 초원에 손을 대고 상반신을 천천히 일으켰다. 하늘을 봤다.

그때 내 눈에 비쳤다.

기도 그 자체가. 내 기도와 그의 기도가 하나가 된 그 모습이.

"히나!!"

눈앞의 하늘에서 소리치는 사람은, 내게 필사적으로 손을 뻗고 있는 사람은― 호다카였다.

"호다카!"

갑자기 꿈에서 깬 듯 나는 일어섰다. 가슴이 뜨거웠다. 온몸이 뜨거웠다. 끓어오르는 것은, 나를 전력으로 달리게 하는 이 마음은, 기쁨과 애정이었다.

////

"히나!"

나는 소리쳤다. 눈 아래의 초원을 달리는 히나에게 열심히 손을 뻗었다. 하지만 강한 바람에 휘날려 좀처럼 히나에게 다가갈 수 없었다.

"호다카!"

히나도 내게 손을 뻗었다. 이곳에서 나가야 한다는 생각이 들었다. 구름 위의 이 초원은 피안이다. 우리가 있어서는 안 될 세계다. 이곳은 죽은 자의 세계이다.

"—히나, 뛰어!"

나는 바람에 밀려 올라가면서 소리쳤다. 히나가 끄덕였다. 그녀는 초원의 끝까지 달려 마치 멀리뛰기 선수라도 되는 듯 푸른 하늘을 향해 크게 점프했다. 그 몸은 바람을 타고 내게 다가왔다. 나는 손을 뻗었다. 마침내 히나의 뜨거운 손이 내 손을 잡았다. 쿵, 중력이 이제야 우리의 존재를 깨달은 듯 우리의 몸은 지상을 향해 똑바로 떨어져갔다.

"히나, 찾았어! 정말 만났어!"

눈앞에 히나가 있었다. 그 눈동자가, 목소리가, 머리카락이, 향기가 정말 내 10센티미터 앞에 있었다.

“호디키, 호다카, 호다카!”

“손 놓으면 안 돼!”

“응!”

우리는 두꺼운 구름과 구름 사이로 떨어졌다. 태양 빛이 차단되어 주위는 점점 어두워졌다. 물 냄새가 짙어졌다. 옷이 축축하고 무거워졌다. 캄캄한 구름 벽면이 마치 생물의 내장처럼 천천히 대류하며 꿈틀거렸다. 구름의 깊은 곳에서 때때로 거대한 번개 빛이 번뜩였다. 그때마다 고막을 찢을 듯한 소음이 주위 공기를 일제히 흔들었다.

“아악!”

젖은 손이 미끄러져 우리의 손이 또 떨어졌다. 떨어지는 히나를 내가 쫓는 형태였다. 히나는 검은 구멍으로 빨려드는 것처럼 떨어졌다. 우리의 거리가 점점 멀어졌다. 나는 필사적으로 손을 뻗었다.

“히나, 같이 돌아가자!”

갑자기 뭔가 떠올린 듯 히나의 표정이 흐려졌다. 망설이는 듯한 표정이 되었다. 질문을 던지듯 내게 소리쳤다.

“하지만 내가 돌아가면 또다시 날씨가…….”

"상관없어!"

나는 고함을 질렀다. 히나가 놀란 표정을 지었다. 나는 이미 결정했다. 다른 건 어떻게 되든 상관없다고. 상대가 신이라고 해도 나는 맞설 것이다. 할 말은 이미 알고 있었다.

"상관없다고! 더 이상 히나는 맑음 소녀가 아니야!"

동그래진 히나의 눈동자에 격렬하게 명멸하는 번개가 비쳤다. 천둥소리에 진동하는 구름 사이를 빠져나와 우리는 적란운 밑으로 곧장 떨어졌다. 눈 아래에는 빛나는 도쿄 거리가 있었다. 내 손이 그 거리와 히나에게 가까워지고 있었다. 나는 히나에게 소리쳤다. 맞다, 할 말은 이미 알고 있었다.

"맑은 날을 두 번 다시 못 봐도 괜찮아!"

히나의 눈동자에 눈물이 솟아올랐다.

"푸른 하늘보다 나는 히나가 좋아!"

히나의 굵은 눈물방울이 바람에 나부껴 내 뺨에 닿았다. 빗방울이 파문을 그리듯 히나의 눈물이 내 마음을 만들었다.

"날씨 따위—"

그리고 드디어 내 손이,

“계속 미쳐 있어도 돼!”

히나의 손을 다시 잡았다. 히나가 재빨리 내 다른 한 손을 잡았다. 우리는 양손을 꼭 쥐었다. 시야가, 세계가 우리의 주위를 돌았다. 빙글빙글 도는 세상의 한가운데에서, 우리는 손을 맞잡고 나부꼈다.

히나의 얼굴이 거기에 있었다. 서로의 호흡이 가까워졌다. 바람에 흩날리는 그 머리카락이 내 뺨을 부드럽게 매만졌다. 하염없이 눈물을 흘리는 그 눈동자는 나만 아는 비밀의 샘 같았다. 태양과 푸른 하늘과 하얀 구름, 빛을 받아 빛나는 히나와 아래에 펼쳐진 거리를, 잠시, 나는 눈에 담았다. 그리고 웃으며 그녀에게 말했다.

“—스스로를 위해서 기도해. 히나.”

히나도 미소지었다. 그리고 끄덕였다.

“……응!”

우리는 눈을 감았다. 잡은 두 손을 서로의 이마에 댔다. 그리고 빌었다.

우리의 마음이 말했다. 몸이 말했다. 목소리가 말했다. 사랑이 말했다.

살라고 말했다.

////

천둥소리가 멀리서 들리는 것 같았다.

순찰차로 끌려가는 도중에 멈춰선 나를, 리젠트 형사가 의아하다는 듯 돌아봤다.

"저기요. 스가 씨."

언짢은 듯 들리는 형사의 목소리를 무시하고 하늘을 올려다봤다.

어느새 두꺼운 구름이 오후 하늘을 뒤덮기 시작했다. 버려진 빌딩 옥상을 봤다. 습기를 머금은 차가운 바람이 옥상의 초목을 흔들었다. 나뭇잎이 하늘로 날아올랐다.

"멈추지 말라고요!"

형사는 내 양손에 채운 수갑을 잡아당겼으나 나는 그래도 계속 도리이를 봤다. 호다카를 쫓아 계단을 오른 형사 말로는 옥상에 호다카는 없었다고 한다. 경찰은 도망쳤다고 보고 지금도 부근을 수색 중이었다. 하지만 나는, 역시 그곳에 호다카가 있을 것만 같았다. 왠지— 이상하게 가슴이 소란스러웠다. 목이 타고 피부에 소름이 돋았다. 어떤 징조 같은 것이 발끝에서부터 스멀스멀 올라왔다.

그때 도쿄의 모든 하늘이 번쩍였다. 동시에 땅이 흔들릴 정도의 천둥소리가 났다. 그 직후 나는 봤다. 마치 용 몇 마리가 일제히 달려들듯— 거대한 물의 덩어리가 지상에 떨어졌다.

그리고 호우가 쏟아지기 시작했다. 폭포 같은 엄청난 비였다.

느닷없이 푸른 하늘을 빼앗겨버린 듯한 날씨에, 나와 형사들은 그저 우두커니 서 있었다.

그때— 아마도 모든 사람이, 이 비가 범상치 않다는 것을 느꼈으리라. 언젠가 이런 날이 올 줄, 사실은 모두 알고 있었다. 평온한 날들이 한없이 이어지지 않으리란 사실을, 이대로 도망칠 수 없다는 것을, 우리는 내내 느끼고 있었다. 우리는 달리 아무것도 하지 않았다. 아무것도 결정 내리지 못했다. 아무것도 선택하지 못했다. 그래도 이대로 끝까지 도망칠 수 없다. 세상이 언젠가 결정적으로 변하리라는 사실을 누구나 예감하고 있었으면서, 모두 알면서도 내내 모른 척해왔다.

나는 별다른 이유 없이 그런 생각을 하면서 완전히 젖은 채 비 오는 하늘을 하염없이 바라봤다.

비는 그 후 3년간 끊이지 않고 내렸고 지금도 계속되고 있다.

종장

괜찮아

체육관에 울리는 환성 속에 살짝 빗소리가 섞였다.

나는 그걸 깨닫고 노래를 멈췄다. 옆 반 친구가 슬쩍 나를 봤다. 나는 홀로 입을 다문 채 단상에 걸려 있는 '졸업식'이라는 글자를 똑바로 노려봤다. 열 명 정도밖에 안 되는 우리 졸업생을 위한, 섬 고등학교의 조촐한 식이었다.

—생각하니 너무나 빨랐던 시간이여, 지금은 작별의 시간이네. 안녕.

오늘 마지막으로 교복을 입은 동급생들이 눈물을 글썽이며 졸업의 노래를 부르고 있었다. 나는 굳게 입을 다문 채 빗소리에만 귀를 기울였다.

학교를 나오자 봄 냄새가 났다.

한쪽 손에 졸업장이 든 통을 들고 다른 한 손에 우산을 든 나는 해변 길을 걸었다. 얼마 전까지는 따끔따끔 피부를 때리는 것처럼 차가웠던 바닷바람이 어느새 부드러운 온기를 품고 있었다. 오후 조업을 끝낸 배 몇 척이 천천히 미끄러지듯 바다에 떠 있었다. 도로 옆에 선명한 노란 꽃이 피었고 벚나무에도 살짝 분홍빛이 감도는 꽃이 피기 시작했다.

정말로, 또 봄이 온 것이다.

나는 왠지 믿기지 않는 심정으로 전과 다를 바 없는 섬 풍경을 바라봤다. 왜 아무 일 없었다는 듯 봄이 올까. 왜 지금도 계절은 바뀔까. 사람들의 생활은 왜 변함없이 이어지고 있을까.

비는 그 후로 끊임없이 계속 내리고 있는데.

나는 항구에 잡은 생선을 내리는 어부들의 모습을 보면서 생각했다. 그래도—.

그날부터 사람들의 표정이 조금 변했다. 넓은 수영장에 먹물을 한 방울 떨어뜨린 정도의, 아주 사소한 변화였다. 색깔도 맛도 냄새도 변함없고 아마 본인도 모를 것이다. 하지만 나는 알 수 있었다. 사람들의 얼굴은, 사람의 마음은 이제 3년 전과 결단코 같지 않았다.

"—모리시마 선배!"

갑자기 부르는 소리가 들려 돌아보니 하급생 여자아이 둘이 비탈길을 뛰어 내려오고 있었다. 물론 아는 여자애들이었는데(학교 전체 학생이 30명 정도이니까) 인사 정도만 하는 사이였다. 이름이 뭐더라— 아무래도 생각해내지 못했는데 둘은 내 앞에 멈춰 복잡한 표정으로 말했다.

"저기, 좀 묻고 싶은 게 있는데……."

"도쿄에 간다는 게 정말이에요?" 갈래머리 아이의 말에 그렇다고 대답하자 "그럴 거라고 했잖아. 오늘이 마지막 기회야"라며 쇼트커트 아이가 팔꿈치로 옆의 아이를 찔렀다.

우리는 도로 옆 정자 밑에서 마주 보며 서 있었다. 빗소리와 파도소리가 뒤섞였다.

"자, 물어봐. 지금밖에 없다고!" 쇼트커트 아이가 혼내듯 속삭이자 양 갈래머리 아이가 얼굴을 붉히며 고개를 숙였다. 설마, 그 모습을 보고 나는 경악했다. —이거 혹시, 나 고백받는 걸까……?

"저기, 선배!" 갈래머리 아이가 용기를 쥐어짜낸 듯 촉촉한 눈동자로 나를 봤다.

"저, 선배에게 줄곧 묻고 싶었던 게 있었어요!"

이거 야단났네. 예상하지 못한 일이다. 어떻게 해야 할까. 손바닥에 땀이 배어 나왔다.

"저기, 선배. 도쿄에서도—"

큰일이야. 상처 주지 않고 거절하는 방법이 없을까. 선배, 좀 도와줘!

"—경찰에게 쫓기고 있다는 소문, 진짜예요?!"

"……뭐?"

후배 둘은 흥미진진한 표정으로 나를 바라보고 있었다.

"……말도 안 돼."

"아, 하지만 모리시마 선배가 이렇게 보여도 사실은 전과자라고! 도쿄에서 야쿠자와 얽힌 게 있다고!"

나는 자신의 바보 같은 기대에 어이가 없으면서도 반쯤은 마음을 놓고 솔직하게 대답했다. 별로 숨길 일도 아니었다.

"야쿠자는 아닌데 경찰에 체포된 적은 있어. 도쿄에서 재판을 받았어."

"꺅!"

둘은 신나서 손을 맞잡고 소란을 떨었다.

"엄청 멋지다! 영화 주인공 같아!"

고맙구나. 나는 쓴웃음을 지었다.

비 내리는 3월 하늘에 페리의 출항을 알리는 기적이 길게 울렸다.

거대한 선체가 해수면을 밀고 나가는 묵직한 진동이 엉덩이에서 온몸으로 전해졌다.

내 표는 배의 밑바닥과 가장 가까운 이등 선실. 도쿄까지는 열 시간 이상 걸리는 뱃길로 밤이 돼야 도착한다. 이 페리를 타고 도쿄에 가는 것은 태어나 두 번째였다. 나는 일어나 갑판 테라스로 이어진 계단으로 향했다.

2년 반 전의 그 여름.

비 내리는 옥상에서 눈을 뜬 나는 그 자리에서 바로 경찰에 체포됐다. 도리이 밑에는 아직 잠들어 있는 히나 씨가 있었다. 경찰은 그녀를 안아 다른 곳으로 데려갔다. 그 후 리젠트 형사는 내게 그녀가 곧 깨어났다는 것, 건강에 별다른 이상은 없다는 것, 동생과 다시 살 수 있게 되었다는 것을 알려줬다.

나에게 몇 개의 혐의가 있다는 사실을 송치된 검찰청의

작은 방에서 알게 되었다. 총도법 3조, 검총 소지 금지 위반. 형법 95조, 공무집행방해. 사람에게 총을 발포한 것은 형법 199조 및 203조의 살인미수죄. 선로를 달린 것은 철도영업법 37조 위반이었다.

그러나 가정법원이 내게 내린 판결은 의외로 보호관찰처분이었다. 총은 고의로 소지했던 게 아닌 점이 인정되었고 일련의 사건의 중대성이 낮으며 비행 정도도 적다고 판단한 것이었다.

소년분류심사원에서 풀려나 마침내 섬으로 돌아왔을 때는 가출한 지 석 달이 지나 있었다. 돌아보니 한여름을 지나 가을 기운이 감돌기 시작하는 계절이었다. 풀 죽어 돌아온 나를, 부모님과 학교는 무뚝뚝하게— 하지만 따뜻하게 맞아주었다. 그토록 지루했던 부모도 학교도 돌아와 보니 너무나 당연한 생활의 장소였다. 나 자신이 불완전하듯 어른들 역시 마찬가지로 불완전한 존재였다. 다들 그 불완전함을 안은 채 시간과 부딪치면서 살아가는 것이었다. 나는 이제 그 점을 완전히 이해하고 있었다. 그렇게 나는 섬에서의 고교생활을 다시 시작했다.

기묘하게도 잠잠한 날들이었다. 마치 바다의 바닥을 걷

는 듯, 지상에서 멀리 떨어진 곳에 격리된 듯한 기분으로 나는 시간을 보냈다. 누군가의 말이 내게 제대로 닿지 않았고 내 말 역시 사람들에게 전해지지 않는 것 같았다. 별생각 없이 잠들기, 당연하게 먹기, 그저 걷는 것조차 어쩐지 잘 되지 않았다. 조금만 방심하면 오른발과 왼발이 동시에 나갈 것 같았다. 실제로 나는 수없이 길에서 발이 걸려 비틀거렸고 수업 시간에는 받은 질문을 까먹었으며 밥 먹다가 젓가락을 든 채 우두커니 있었다. 사람들이 그런 점을 지적할 때마다 나는 의식적으로 미소를 짓고 "미안. 잠깐 딴생각하느라"라고 조용히 말했다. 나는 다른 사람에게 걱정을 끼치지 않으려고, 안심하도록, 가능한 한 잘 생활하려 노력했다. 그것은 청소를 잘 해내거나 수업을 잘 듣는다거나 사람들과 피하지 않고 어울리는, 마치 예의범절을 지키는 소년 같은 행동에 불과했으나 어느새 성적이 올랐고 친구가 늘었다. 어른들이 말을 걸어오는 일도 많아졌다. 하지만 그 모든 것이 내게는 부작용 같은 것이었다. 내가 원하는 건 그런 게 아니었다. 밤, 젖은 창문 너머로, 아침, 회색빛 바다 너머로, 나는 그녀의 기척을 하염없이 찾았다. 빗소리 속에 그 밤의 멀리서 들리던 큰북 소리를 끊임없이 찾았다.

나는 그렇게 신중히 숨을 죽이며 졸업할 날을 기다렸다. 한 달에 한 번, 보호사와의 면접도 졸업을 앞두고 끝나, 이력서에 '상벌 없음'이라고 적으면 경력 사칭이 된다는 단순한 사실만을 남긴 채 내 처분은 종결되었다.

해가 질 무렵이 되자, 서로 근접한 페리들이 기적을 울리는 일이 빈번해졌다. 그 무렵 나는 한 번 더 갑판 테라스로 올라갔다. 나는 차가운 바람과 비를 마시듯 크게 숨을 들이쉬었다. 수평선 너머에 반짝반짝 빛나는 도쿄의 불빛이 보이기 시작했다.

—2년 반이라.

나는 저울 눈금을 확인하듯 입을 열어 나지막이 말해보았다. 그만큼의 시간이 흘러, 그 여름으로부터 멀어질수록 내게는 그 일이 환상처럼 여겨졌다. 내가 본 것은 현실이라고 하기에는 너무 아름다웠다. 그러나 환상이라고 하기에는 디테일까지 너무 선명했다. 나는 늘 혼란스러웠다. 그러나 마침내 눈앞에 나타난 풍경이, 그게 환상이 아니었음을 또렷이 내게 알려주고 있었다.

그것은 변해버린 도쿄의 모습이었다.

레인보우브리지는 물에 잠겨, 기둥 네 개만이 의미심장한 탑처럼 해면으로 고개를 내밀고 있었다. 해면에 흩어져 있는 블록처럼 보이는 여러 상자는 미처 잠기지 못한 빌딩 상층부였다. 집요하게 내린 비에 넓은 지역이 수몰된, 간토 평야의 새로운 모습이 거기 있었다. 도쿄도 면적의 3분의 1이 지금은 물 밑에 있었다.

그래도 이 거리는 여전히 일본의 수도였다. 기존의 배수 시설이 멈추지 않고 내리는 비를 감당하지 못해, 원래 해발 0미터 이하였던 광대한 동부 저지대는 2년 이상에 걸쳐 천천히 바다에 잠겼다. 사람들은 그사이 서쪽으로 이주해 살기 시작했고 범람한 아라카와 강과 도네가와 강 주위에는 새로운 유수지를 둘러싸는 광대한 제방이 현재 건설 중이었다. 이렇게 기후가 바뀌었는데도 사람들은 당연한 듯 이 땅에 계속 살고 있었다.

그리고 나 역시 이곳으로 다시 돌아온 것이다.

나는 그 여름의 일을 그대로 가슴에 품은 채 다시 이곳에 왔다. 열여덟이 된 지금, 이번에야말로 이 거리에 살기 위해서. 다시 한번 그 사람을 만나기 위해.

이 거리에서 히나 씨는 무슨 생각을 하며 살고 있을까.

내가 그녀에게 해줄 수 있는 게 과연 있기나 할까. 나는 다가오는 거리를 바라보면서 곰곰이 생각했다.

////

아파트는 대학 근처로 정했다.

이삿짐은 종이상자 두 개뿐이었다. 나는 그걸 밀대에 싣고 오랜 시간 전차에 흔들리며 아파트까지 끌고 왔다. 지난 2년간 벌어진 서쪽 이동의 여파로 이 주변의 임대료도 올랐다고 들었지만, 이 낡은 아파트의 월세 정도는 아르바이트를 두 개쯤 병행한다면 나도 낼 수 있었다. 무사시노 지역의 안쪽에 해당하는 이곳은 침수의 영향이 거의 없었다.

빗소리를 들으면서 혼자 방 청소와 짐 정리를 마치고, 컵라면으로 끼니를 때우자 하늘이 어두워지기 시작했다. 틀어놓은 라디오에서는 간토 지역의 일기예보가 나오고 있었다. 앞으로 일주일간의 일기예보입니다. 일주일 내내 비가 오겠죠. 예상 최고 기온은 15도 전후. 강하게 내리는 비가 아니므로 벚꽃을 오래 즐길 수 있겠습니다…….

나는 예보를 건성으로 들으면서 스마트폰으로 아르바이트 검색 사이트를 보고 있었다. 세상에는 일이 넘쳐나고 있었다. 하지만— 아직 찾지 못했어. 혼자 생각했다.

아직 찾지 못했어.

아직도 몰라.

지난 2년 반, 뇌가 닳을 정도로 끊임없이 생각해 대학은 농학부로 결정했다. 기후가 바뀌어버린 지금 시대에 필요한 걸 배우고 싶었다. 막연하게나마 목표 같은 게 생기자 아주 조금이지만 숨쉬기가 편해진 것 같았다. 하지만 정말 중요한 걸 찾지 못했다. 내가 그녀를 만나러 갈 이유를, 내가 그녀에게 해줄 수 있는 것을, 나는 알고 싶었다.

"아."

작게 소리를 질렀다. 아르바이트를 찾던 머리 한 부분이 갑자기 다른 걸 떠올린 것이었다. 아르바이트라면 아직 그 사이트가 있을까—. 나는 URL을 입력해봤다.

"……아직 있네!"

스마트폰에 태양 그림과 「맑은 날씨를 전해드립니다!」라는 컬러풀한 글자가 떠올랐다. 노란 레인코트를 입은 핑크 개구리가 말풍선 안에서 "100% 맑음 소녀예요!"라고 말하고 있었다. 우리가 만들었던 맑은 날씨 아이 비즈니스 웹사이트였다. 비밀번호를 입력해 관리자 화면으로 들어갔다. 딩동 하고 전자음이 울렸다.

「1건의 의뢰가 있습니다.」 화면에 알림이 떴다. 나는 놀라 내용을 터치했다.

그것은 2년쯤 전에 보낸, 맑음 소녀 의뢰였다.

////

"어머? 혼자 온 거니?"

현관 앞에 선 나를 보고, 다치바나 할머니는 의아한 표정으로 물었다.

"맑음 소녀 아가씨는?"

살짝 실망한 눈치에, 나는 서둘러 말했다.

"아, 저기, 그 아인 이제 맑음 소녀가 아네요. 오늘은 그 말씀을 드리려고 왔어요……."

"그것 때문에 일부러 왔다고? 이런 데까지?"

"예……."

탕, 탕. 말뚝 박는 소리가 단지 복도까지 울렸다. 이 근처는 아라카와 강과 가까웠다. 수몰은 피했으나 근처에는 제방 건설이 한창이었다.

“잠깐 올라오려무나. 방은 좁지만.”

후미 씨의 방은 내 아파트보다는 두 배 가까이 넓었지만, 그래도 전에 방문했던 일본 가옥보다는 훨씬 좁았다. 다다미 여덟 장 정도 크기의 거실 겸 식당이 있고 그 옆에 다다미방이 하나 있었다. 알루미늄 창틀에 끼워진 창문에서는 건설 중인 제방이 보였고 미니어처 같은 노란색 중장비 기계가 이리저리 움직이고 있었다. 방에는 사진 몇 개가 놓여 있었다. 돌아가신 남편으로 여겨지는 할아버지. 시끌벅적한 대가족 사진. 손자의 결혼사진. 작은 불단에서 감도는 향 냄새만이 그날의 오봉과 같았다.

후미 씨가 과자를 잔뜩 담은 쟁반을 내 앞에 놓았다.

“아니, 괜찮습니다.”

“젊은 사람이 그렇게 예의 안 차려도 된다.” 후미 씨는 테이블 건너편에 앉으면서 말했다. 막상 오긴 했는데 특별히 할 말도 없었다. 나는 어떻게든 대화를 이어나가려고 했다.

“저기, 이사하셨네요. 저희가 방문했던 곳은 더 고풍스런

집이었는데……."

"그 동네는 완전히 물에 잠겼으니까."

후미 씨가 별일 아니라는 듯 말했다.

"……죄송합니다."

나도 모르게 사과했다.

"왜 학생이 사과를 해?"

우습다는 듯 말하는 후미 씨를 나는 똑바로 보지 못하고 눈을 내리깔며 "아니……" 하고 말을 흐렸다. 도대체 내게 뭐라고 할 자격이 있단 말인가. 나도 모르게 모든 걸 고백하고 싶어졌다. 도쿄에서 푸른 하늘을 빼앗은 게 바로 저예요. 사람들이 사는 곳을 빼앗는 게, 제멋대로 태양을 빼앗는 게, 제 결단이었어요. 하지만 그런 말을 한다고 뭐가 달라지나. 후미 씨를 당혹스럽게 할 뿐이라는 것도 잘 알고 있었다.

"—알고 있니?"

후미 씨가 갑자기 부드럽게 말해 나는 고개를 들었다. 그녀는 쟁반에서 초코파이를 집어 포장을 벗기면서 말을 이었다.

"도쿄 이 부근은 원래 바다였단다. 불과 얼마 전— 에도 시대까지 말이야."

"아……."

"에도 그 자체가 바다가 뭍으로 들어온 만이었어. 지명을 봐도 알겠지? 만(入り江)을 뜻하는 글자에서 하나, 입구(戶口)를 나타내는 글자에서 하나씩 따온 게 도쿄의 옛 지명인 에도(江戶)였어. 그런 땅을 사람과 날씨가 조금씩 바꿔놓은 거야."

후미 씨는 그렇게 말하고 포장을 벗긴 초코파이를 내게 내밀었다. 뭔가 소중한 걸 받은 것 같은— 나는 왠지 불가사의한 기분에 사로잡혔다.

"그러니까, 결국은 원래대로 돌아간 것뿐이야. 나는 그렇게 생각하고 있어."

후미 씨는 창밖의 제방을 바라보면서 추억에 젖은 표정으로 말했다. 나는 할 말을 찾지 못한 채 주름이 자글자글한 그녀의 옆얼굴을 가만히 바라봤다.

원래대로 돌아간 것뿐—?

그 사람은 뭐라고 할까. 나는 이야기를 듣고 싶었다.

////

"뭐? 넌 진짜 뭐냐, 계속 그런 생각했냐? 대학생이나 되었으면서 여전히 철이 안 들었네."

눈앞의 중년 아저씨는 일부러 바쁜 듯 키보드를 두드려대며 말했다.

"그런 생각이라뇨……."

나도 모르게 항의하고 말았다. 이 사람이라면 알아줄 것 같아서 과감하게 말을 꺼낸 것이었다. 그런데 이 중년이 독설을 퍼부었다.

"요즘 젊은 놈들은 해마다 엉망이 되고 있어. 일본도 이제 끝이야."

"그래도 그때 우리는—"

"이렇게 된 게 너희들이 원인이라고? 너희가 세상의 모습을 바꿨다고?"

중년은 진심으로 어이없다는 표정으로 말하고, 드디어 디스플레이에서 고개를 들어 나를 봤다. 세련된 스타일의 안경을 머리에 얹고(하지만 틀림없이 돋보기일 것이다), 경박해 보이는 가는 눈을 더 가늘게 떴다.

"너 진짜 바보 아니냐. 그럴 리가 있겠냐? 건방진 소리에도 정도가 있어야지."

스가 씨였다. 여전히 꼭 달라붙는 와이셔츠 차림에 나른한 목소리로 따지고 들었다.

"망상 따위 그만하고 현실을 봐. 현실을! 자, 보라고. 젊은 놈들이 잘못 생각하고 있는 점인데 자신의 내면 같은 걸 주야장천 들여다봤자 되는 건 아무것도 없어. 중요한 건 전부 바깥에 있다고. 자신을 보지 말고 사람을 봐. 도대체 얼마나 자신이 특별하다고 생각하는 거야?"

"아니, 그런 얘기가—"

띠링, 스가 씨의 스마트폰이 울렸다. 스마트폰을 들고 "어이!" 하며 기뻐하는 목소리를 냈다. 떠맡기듯 내게 화면을 보여줬다.

"자, 보라고! 얼마 전에 딸과 데이트했어!"

"……와!"

나도 모르게 소리를 질렀다. 화면에 나온 것은 셀카다 보니 초점이 나간 스가 씨였는데 훌쩍 커버린 모카도 찍혀 있었다. 게다가 나란히 브이 사인을 하는 나기 선배와 나츠미 씨도 보였다. 안 그래도 미남이었던 선배는 키가 훌쩍 커 진짜 왕자 같았다. 이제 중학생이다. 그리고 원래 미인이었던 나츠미 씨는 짓궂은 미소를 짓고 있었는데 그게 오히려 어른스러워 보여, 더 위협적인 미녀가 되어 있었다.

"뭐, 나기와 나츠미가 같이 와서 방해하긴 했지만. 그 녀석들, 이상하게 사이가 좋단 말이야……."

스가 씨는 투덜거렸지만 그래도 기뻐 보였다. 딸과는 아직도 따로 살지만, 지금은 처가와의 사이도 나쁘지 않아 스가 씨 일이 잘 풀린다면 곧 같이 살게 될 가능성이 크다고 했다. 한 맨션으로 자리를 옮긴 K&A플래닝은 현재 사원 셋을 거느린 그럴듯한 편집 프로덕션이 되었다. 사장인 스가 씨가 바빠 보인 것도 허세만은 아닌 듯했다. 스가 씨는 다시 설교로 돌아왔다.

"너도 쓸데없는 생각 빨리 정리하고 어서 그 아이를 만나러 가라. 그날 이후 만나지 않았다니, 도대체 여태 뭐 하고 있었어?"

"아니, 그게. 스가 씨도 아시잖아요. 나는 계속 보호관찰 기간이어서, 괜한 민폐 끼치고 싶지 않았다고요. 연락하려고 해도 그 애는 휴대전화도 없고. 게다가 막상 만나려고 하면 긴장된다고 해야 하나, 이유가 필요하다고 해야 하나, 뭐라 표현하긴 힘든데……."

그때 딸랑 종소리가 났다. 어디선가 들어본 적 있는 소리였다. ……설마, 하고 가슴이 뛰기 시작했을 때 흑백의 덩어리가 어디선가 어슬렁어슬렁 나타났다. 의자를 타고 스가 씨 책상으로 천천히 올라와 털썩 주저앉아 나를 봤다.

"아…… 아메? 정말 많이 컸네……."

새끼고양이였던 아메였다. 뒷골목에서 처음 만났을 때는 스마트폰보다 조금 큰 정도였는데 지금은 씨름선수처럼 거대했다. 15킬로그램은 나갈 법한데 나른하면서도 예리한 눈빛이 스가 씨를 그대로 빼닮았다. 키보드를 두드리던 스가 씨가 다시 고개를 들었다. 아메와 나란히 보니 그 표정만 봐선 마치 아버지와 아들 같다. 스가 씨는 방해꾼을 몰아내듯 나를 향해 손을 흔들어댔다.

"자, 그러니까 가라고. 지금 당장 가. 차라리 그 아이 집에 가. 업무에 방해만 돼!"

실례했습니다, 조심스레 사무실을 나가는 내게 직원들이 또 오라고 말해주었다. 이런 사장 밑에서 정말 괜찮냐고 괜히 묻고 싶어졌다.

"이봐!"

출구 문을 열려는데 스가 씨가 불러 돌아봤다. 스가 씨는 훅 숨을 내쉬듯 쓴웃음을 짓고 곧바로 나를 봤다.

"어이, 청년. 너무 신경 쓰지 마."

"예?"

"세상이란 건 — 어차피 원래부터 미쳐 있었으니까."

스가 씨는 어딘가 후련한 표정으로 말했다.

////

나는 스가 씨의 사무실을 나와, 신주쿠 역에서 야마노테 선을 탔다. 야마노테 선은 이제 순환선이 아니었다. 수몰 지역을 끼고 C자 모양으로 끊어졌다. 양쪽 종점에 해당하는 스가모 역과 고탄다 역에는 각지로 향하는 수상 버스가 생겼다. 나는 왠지 멀리 돌아가고 싶어서 고탄다 역에서 내려 잔교를 건너 2층짜리 배로 갈아탔다. 지붕이 없는 배 2층에는 승객 몇이 나처럼 비옷을 입고 수상 경치를 바라보고 있었다.

"점심 뭘 먹을까?" "새로운 가게가 문을 열었어" "주말 꽃놀이가 기대돼" 같은 사람들의 일상 대화가 귀를 간질였다. 비단실처럼 가늘고 가벼운 비가 내해 전체에 구석구석 내리고 있었다. 항로의 동쪽은 원래 주택가였는지, 건물의 지붕이 수없이 수면으로 고개를 내밀고 있었다. 그 경치가 어쩐지, 드넓은 목초지에서 잠들어 있는 양 떼를 연상시켰다. 무수한 지붕은 오랜 역할에서 해방되어 어딘가 마음을 놓은 것 같기도 했다.

"다음은 다바타! 다바타입니다!"

느긋한 목소리로 배의 안내 방송이 나왔다. 히나 씨의 집으로 이어지는 비탈길이 비 너머로 보이기 시작했다.

비옷을 벗은 대신 우산을 쓰고 좁은 비탈길을 걸었다.

그 여름에 여러 번 걸었던 길이었다. 오른쪽 둑에는 반쯤 꽃을 피운 벚나무가 늘어서 있었고 오른쪽 아래로는 저 멀리 전망이 펼쳐져 있었다. 이전에는 선로와 건물이 빼곡했던 경관이었는데 지금은 태평양까지 이어지는 내해가 됐다. 수면에서는 여기저기 건물이 고개를 내밀고 있었다. 신칸센 고가가 마치 길고 긴 다리처럼 똑바로 뻗어 있었다. 녹색 담쟁이와 형형색색의 풀과 꽃이 새로운 주인인 듯 버려진 그 방대한 콘크리트 덩어리를 휘감고 있었다.

"원래는 바다였구나—."

나는 그런 경치를 바라보면서 낮게 읊조렸다.

"세상은 처음부터 미쳐 있었다……."

비가 대지를 두드리는 소리와 봄 새의 지저귐. 수상 버스의 엔진 소리와 멀리서 들리는 자동차와 전차의 소음. 스니커즈를 신고 젖은 아스팔트를 걷는 내 발소리.

나는 주머니에서 반지를 꺼내 바라봤다. 작은 날개 모양을 한 은색 링. 다시 그녀를 만나면— 나는 뭐라고 해야 할까.

"그러니까 세상이 이렇게 된 건, 누구 탓도 아닌 거야."

그렇게 중얼거려봤다. 그렇게 말하면 될까. 그녀가 원하는 말이 이것뿐일까. 도쿄는 원래 바다였어. 세상은 그저, 처음부터 미쳐 있었다고.

갑자기 물새가 날아올랐다. 나도 모르게 날아간 곳을 바라봤다.

그때 심장이 크게 뛰었다.

그녀가, 거기 있었다.

언덕 위에서 우산도 쓰지 않고 양손을 모으고 있었다.

눈을 감은 채 기도하고 있었다.

히나 씨는 떨어지는 빗속에서 물에 잠긴 거리를 향해 무언가를 기도하고 있었다. 무언가를 바라고 있었다.

—그게 아니었어. 눈이 번쩍 뜨이는 듯한 기분이 들었다.

아니야, 그게 아니야. 세상은 처음부터 미쳐 있었던 게 아니야. 우리가 바꿨어. 그 여름, 그 하늘 위에서 내가 선택했어. 푸른 하늘보다 히나 씨를. 수많은 행복보다 히나 씨의 생명을. 그리고 우리는 기도했어. 세상이 어떤 모습이더라도 개의치 않고 그저 모두 함께 살아가기를.

"히나 씨!"

나는 소리쳤다. 히나 씨가 나를 봤다. 그때 강한 바람이 불었다. 벚꽃잎을 흩날리는 바람이 히나 씨가 뒤집어쓴 후드를 벗겼다. 길고 검은 갈래머리가 바람에 나부꼈다. 히나 씨의 눈동자에 눈물이 가득 차올랐다. 그리고 환한 미소를 지었다. 그 순간, 세상이 흔들릴 정도로 주변이 눈부시게 물들었다.

"—호다카!"

히나 씨가 소리치자 나는 우산을 버렸다. 우리는 동시에 달리기 시작했다. 한껏 들뜬 그녀의 얼굴이 다가왔다. 그리고 내 눈앞에서 히나 씨가 점프해 내게 안겼다. 나는 그 기세에 놀라, 어떻게든 넘어지지 않으려고 히나 씨를 안은 채 한 바퀴 돌았다. 그리고 우리는 마주 섰다. 우리는 웃으며 숨을 골랐다. 히나 씨가 커다란 눈동자로 나를 올려다봤다. 그 시선의 높이가 예전과 달라 처음으로 나는 내 키가 컸음을 깨달았다. 히나 씨는 고등학교 교복 차림이었다. 나는 이번에야말로 그녀가 정말 '곧 열여덟'이 된다는 걸 깨달았다. 히나 씨는 문득 걱정스러운 표정을 지으며 내 뺨에 손가락을 댔다.

"호다카, 왜 그래? 괜찮아?"

"응?"

"울고 있어?"

내 두 눈에서 비처럼 눈물이 흐르고 있음을 깨달았다.

당신은 왜 그렇게 담담해? 나는 이렇게 우는데.

나는 왜 이렇게 한심할까. 잘 지냈느냐고 내가 당신에게 묻고 싶었는데.

나는 히나 씨에게 미소를 지어 보였다. 히나 씨의 손을 잡고 아주 단단히 마음먹고 말했다.

"히나 씨, 우리들은—"

아무리 비에 젖더라도, 우리는 살아간다. 아무리 세상이 변해도, 우리는 살아간다.

"우리는 괜찮을 거야."

히나 씨의 얼굴이 햇살을 받은 듯 빛났다. 맞잡은 우리 손을 빗방울이 살짝 매만지듯 흘러갔다.

작가후기

이 책 소설 『날씨의 아이』는 내가 감독해 2019년에 개봉하는 애니메이션 〈날씨의 아이〉의 노벨라이즈 판이다.

이런 얘기는 딱 3년 전에 출판된 『너의 이름은.』의 후기에서도 썼던 기억이 있다. 그때와 마찬가지로 영화는 아직 완성되어 있지 않다. 좀처럼 출구가 보이지 않는 제작 작업에 답답해했는데 지금은 후시 녹음이라고 목소리를 넣는 작업이 한창 진행 중이다(딱 개봉 2개월 전이다). 그런 가운데 영화보다 한발 앞서 소설 집필을 끝냈다. 영화를 보든 안 보든 충분히 즐길 수 있도록 쓴 소설이지만, 이 자리를 빌려 소설과 영화판을 포함해 『날씨의 아이』라는 이야기가 어떻게 만들어졌는지 적어두고 싶었다.

(마지막 장면에 대해서도 조금 언급하니 스포일러가 싫은 분은 본문을 먼저 읽어주세요.)

이 작품을 생각하게 된 계기는 전작 〈너의 이름은.〉이 우리 제작진의 예상을 훌쩍 넘어 성공해버린 데 있다고 생각한다. ……아니, '예상을 훌쩍 넘어 성공해버렸다'라는 표현은 불쾌할 수 있을까. 하지만 우리에게는 정말 예상 밖의 일이었다. 〈너의 이름은.〉이 개봉되고 반년이 넘는 기간, 그토록 많은 시선과 다양한 의견에 노출되다니, 내게는 처음 있는 일이었다. 집에서 밥을 먹고 있으면 TV에서 온갖 유명인이 작품에 대해 말하거나(이유는 모르겠으나 비판을 받았다), 하물며 길거리를 걷다가도 영화 제목이 들렸으며(역시 비판을 받고 있더라), SNS에도 방대한 글이 실렸다. 물론 좋아해 주는 분도 있었지만 격렬하게 화를 내는 분들도 자주 목격했다. 개인적으로는 저 사람들을 화나게 한 정체가 무엇이었는지 끊임없이 생각했던 반년이었다. 그리고 그 반년이 〈날씨의 아이〉 기획서를 쓰고 있던 시기이기도 했다.

그 경험으로부터 명쾌한 해답을 얻은 건 아니나 나름대

로 결정한 건 있다. '영화는 학교 교과서가 아니다'라는 것이다. 영화는(혹은 좀 더 넓게 엔터테인먼트는) 옳거나 모범적일 필요는 없다. 오히려 교과서에서 말하지 않는 것을-이를테면 다른 사람이 알면 눈살을 찌푸릴 만한 은밀한 바람을-말해야 한다고, 요즘 들어 다시금 생각했다. 교과서와는 다른 이야기, 정치가와는 다른 이야기, 비평가와는 다른 이야기로 나는 말하겠다. 도덕이나 교육과도 다른 수준에서 이야기를 쓰자. 이게 바로 내 일이고, 이로 인해 만약 누군가의 질책을 받더라도 그건 어쩔 수 없는 일 아닌가. 나는 내 삶의 실감을 이야기로 만드는 수밖에 없지 않은가. 다소 늦은 감이 있는 결심일지 모르나 〈날씨의 아이〉는 그런 마음으로 쓴 이야기였다.

그리고 사실 그렇게 결심하고 이 작품을 쓰는 과정은 아주 즐거웠다. 나 스스로도 흥분되는 모험이었다. '남녀노소가 찾는 여름 시즌에 어울리는 영화여야 한다'라는 생각은 조금도 하지 않았다. 배려도 계산도 신중함 같은 것도 전혀 고려하지 않고 배터리가 다 떨어질 때까지 주저 없이 있는 힘을 다하는 주인공들을, 그들이 내 등을 두드려주는 것 같은 심정으로 각본을 썼다. 완성한 각본을 10개월에 걸쳐 비디오 대본(영화의 설계도인 셈이다)으로 만들었고 4개월에 걸쳐 소설로 집필했다. 1년 반에 걸쳐 제작한 영화판도 드디어 완성을 앞두고 있다.

영화판과 소설은 기본적으로 같다. 다만 소설에는 영화에 없는 묘사가 꽤 있다. 이것은 영화에서 그릴 수 없었던 게 아니며(영화는 영화대로 부족함 없이 그릴 생각이다), 그렇다고 소설을 위한 서비스도 아니다. 영상과 소설이라는 미디어의 차이에서 기인한 차이점일 것이다.

이를테면 영화 대사는 기본적으로 짧으면 짧을수록 좋다(라고 나는 생각하고 있다). 영화는 단순한 문장이 아니라 영화의 표정과 색깔, 목소리의 감정과 리듬, 나아가서는 효과음과 음악 같은 방대한 정보가 더해져 완성형이 되기 때문이다. 핵심이 단순해야 장식이 효과를 내는 것이다. 하지만 소설은 그런 장치가 전혀 없다. 영화는 스토리가 내용물이고 영상과 음악은 그것을 전달하기 위한 그릇인 데 반해 소설은 내용물과 그릇이 같이 만들어진다. 스토리를 문장으로 쓴다고 해서 소설이 완성되는 게 아니다(그건 각본이지). 소설은 스토리와 표현을 떼어낼 수 없는 미디어이다. 그러므로 같은 인물의 같은 대사라도 영화와 소설은 경우에 따라 사용방법이 달라진다.

구체적인 예를 들면 이런 식이다. 이야기의 클라이맥스 가까이에서 나츠미가 호다카에게 "달려!"라고 소리친다. 영화에서는 애니메이션의 속도감이나 성우 목소리, 직전까지 극장을 울리는 오토바이 배기음이나 직후에 걸리는 반주가 혼연일체가 되어 그것만으로도 왠지 찡한 감동을 주는 장면이 된다(그렇다면 좋겠는데). 하지만 소설에서는 그 한 마디 대사만으로는 영화와 같은 효과를 내기가 어렵다. 그러므로 소설에서는 다양한 비유가 나오고 이야기의 앞부분에서 나츠미의 인생을 어느 정도 그릴 필요가 있는 것이다. 이건 영화에는 전혀 없는 부분인데 이 한 장면을 영화에 뒤지지 않는 장면으로 만들기 위해서 소설에서는 그런 절차를 밟을 필요가 있다. 그게 결과적으로 소설만 할 수 있는 묘사가 되고 내게도 쓰는 기쁨이 되었다. 독자에게도 읽는 즐거움이 되길 바란다.

〈날씨의 아이〉와 음악과의 관련성에 대해

이 작품의 각본을 완성했을 때 읽어주면 좋겠다고 제일 먼저 떠올린 상대가 RADWIMPS(래드윔프스)의 노다 요지로 씨였다. 그래서 음악 작업을 요청하는 형태가 아니라 친구로서 그에게 각본을 보냈다. 요지로 씨가 이 각본에서 뭘 느끼는지, 단순히 감상을 듣고 싶었다.

그런데 3개월 뒤 『사랑이 할 수 있는 게 아직 있을까』와 『괜찮아』라는 데모곡이 도착했다. 결과적으로 이것이 바로 내가 듣고 싶었던 '감상'이었다. 어떻게 해서든 알고 싶었으나 혼자서는 무슨 짓을 해도 찾지 못했던 말들이 그 곡들 속에 가득 담겨 있었다. 의도치 않게 이리저리 헤매다가 보물창고에 들어와버린 것 같은 느낌이었다. 그리하여 아주 자연스럽게(하지만 돌이켜보면 너무 제멋대로에다 이기적으로) 〈날씨의 아이〉의 음악감독을 요지로 씨에게 부탁하게 되었다.

그런데 여기서 한 가지 고백해야 할 게 있다. 사실 나는 『괜찮아』를 처음 들었을 때 이 곡은 영화에는 쓸 수 없겠구나 싶어 요지로 씨에게 말했다. 어디에 써야 할지를 알 수 없었다. 본편에 흐르기에는 이야기도 멜로디도 너무 강한 것 같았다. 그런데 사실 그로부터 1년 후, 나는 처음 받았던 이 곡의 도움을 받게 되었다.

마지막 장면 연출을 고민하고 있었다. 그 부분 외에는 비디오 대본으로 내용이 확정되고 작화 작업도 진행되고 있던 시기였다. 에필로그도, 스가의 대사(세상이란 건— 어차피 원래부터 미쳐 있었으니까)까지는 대본에 그려져 있었다. 이후 3분이 아직 나오질 않았다. 이야기의 전개는 각본으로 정해지지만 호다카와 히나의 마지막 감정은 도무지 잡히지 않았다. 일단 마지막까지 만들어놓은 비디오 대본도 주위 평판이 그저 그랬다.

2개월 이상 고민을 계속하다가, 요지로 씨에게 마지막 장면의 음악을 상담하러 갔는데 문득 아직 사용하지 않고 있던 『괜찮아』가 화제에 올랐다. 그래서 다시 그 곡을 듣고 나는 충격을 받았다.

전부 여기에 적혀 있지 않나.

그랬다. 중요한 것도, 소중한 감정도 모두 처음 받은 『괜찮아』에서 노래하고 있었다. 나는 가사를 거의 베끼다시피 해서 마지막 장면 대본을 그리고 1년 전에 받은 곡을 거기에 얹었다. 그러자 더는 아무것도 필요하지 않은, 이 이야기의 마지막 장면이 탄생했다.

마지막으로.

영화의 본편 제작과 함께 소설을 집필하는 일은 『너의 이름은.』 때 제작위원회의 부탁으로 어쩔 수 없이 시작한 일이었다. 그런데 지금은 이 일로 내가 구원을 받은 마음이다. 문장을 써 내려가는 일이 순수하게 즐거웠고 소설에서 영화로 가져온 것 역시 적지 않았다. 무엇보다 이 세계에 사는 등장인물들이 너무 사랑스러웠다. 저자인 나뿐만 아니라 독자 여러분에게도 이 책이 즐거움이 된다면 더 바랄 게 없다.

또 영화 제작 중에 이따금 자리를 비워도 안심하고 소설 집필 작업을 할 수 있었던 것은 작화 감독인 다무라 아쓰시 씨를 비롯한 오기쿠보스튜디오 스태프들의 든든한 노력 덕분이다. 깊이 감사드린다.

이 책을 선택하고 읽어주셔서 정말 감사드립니다.

2019년 5월.

신카이 마코토

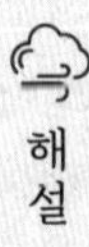

해설

노다 요지로(RADWIMPS・illion)

현재 2019년 6월 7일. 해설 얘기를 들은 지 거의 두 달이 지났다. 아직 극 반주(OST) 작업을 계속하던 4월 초, 감독이 소설 『날씨의 아이』의 해설을 써달라고 했다. 해설이라는 게 어떤 건지 전혀 모른 채 "저라도 괜찮다면 할게요"라고 대답했다. 그저 누구보다 먼저 소설을 읽을 권리가 생긴다는 이유 하나로 해설을 받아들인 것이다.

솔직히 지금은 정말 후회하고 있다. 뭘 써도 영 마음에 들지 않는다. 썼다 지우고 쓰다가 지우기를 반복한 날들. 이 소설에 어울리는 해설이 무엇일지 한없이 고민하다가 정신을 차려보니 내일부터 여름 전국 투어가 시작된다는 지경에 이르렀다. 나 같은 사람이 해설을 쓰겠다고 하다니 말도 안 되는 소리였다.

따라서 나는 반쯤 체념하고, 오늘까지 이어온 감독과의

작업을 돌아보면서 이 이야기를 풀어갈 생각이다.

감독이 내게 제일 먼저 〈날씨의 아이〉 각본을 보내준 건 2017년 8월 26일이었다. 〈너의 이름은.〉이 개봉되고 딱 1년 뒤였다. 로맨티스트인 감독답다는 생각이 들었다. 그 후 1년 반 동안 우리는 내내 이 이야기와 함께 걸어왔다. 극중에 등장하는 곡은 최종적으로 총 33곡이다. 〈너의 이름은.〉의 27곡을 크게 넘어섰다. 아직 절대 움직이지 않고, 색깔이 더해지지도 않은 대본 속의 호다카와 히나, 그리고 신카이 씨와 작품 속을 여행하고 이야기를 나누며 여기까지 왔다. 1년 반에 달하는 작업에서 감독과 나는 대략 350통이 넘는 메일을 주고받았고 직접 만나 얘기한 건 헤아릴 수 없다. 그 가운데 음악이 실릴 때는 반드시 캐릭터들의 심리를 얘기하게 된다. 이 장면에서 음악은 누구의 마음을 대변하나. 어떤 시점으로 음을 만들까. 감독은 따뜻한 사람이고 사람들에게 다정해 외야에 있는 내 의견도 잘 들어주었다.

"(등장인물인) 그는 지금 무슨 생각을 할까?"

"그런 말을 그녀가 할까?"

프로듀서인 가와무라 겐키 씨를 비롯한 모든 사람들과

끊임없이 이런 대화를 나누었다(굳이 말하자면 가와무라 씨는 논리 담당, 나는 정신론 담당이라고 해야 하나). 저마다의 안에만 있는, 그러나 분명히 존재하는 등장인물의 상을 모두 꺼내 다투었다. 그리고 이렇게 영화를 만들면서 형태를 갖추었다고 생각했던 각 캐릭터의 개성과 성격들을, 사실은 감독이 이 소설을 쓰면서 더 생생하게 만들어갔다는 것을 책을 읽으면서 깨달았다. 왠지 감독 나름의 답을 찾은 듯했다.

소설은 영화와 달리 각 등장인물이 일인칭으로 이야기한다. 호다카와 히나의 내면뿐만 아니라 여러 차례 등장하는 스가와 나츠미의 심리 묘사는 영화 본편에는 그다지 드러나지 않는다. 영화에 모든 걸 집어넣으려고 했다면 한 시간 반으로는 끝나지 않았을 것이다. 주연이 아닌 그들의 마음의 소리를 들려주는 점은 소설만의 특징이자 이 이야기를 더욱 풍부하게 해준다.

얼마 전, 이 해설에 뭐라고 써야 할지 고민하고 있다는 말을 하자 감독은 이런 대답을 던졌다. "나로서는 요지로 씨가 왜 그렇게 〈날씨의 아이〉에 매달렸는지, 그게 불가사의해. 그걸 알고 싶어요."

이유를 생각해봤다. 그 결론은 2초 만에 나왔다. 그건 신카이 마코토의 작품이기 때문이다. 그리고 신카이 씨가 나를 믿어줬으니까. 그래서 최선을 다한다. 나는 정말 사람을 가린다. 모두에게 다정한 것은 상상도 할 수 없고 몸은 하나밖에 없다. 한정된 능력 안에서 내가 가진 힘을 발휘하는 수밖에 없다. 물론 그런 나를 싫어하는 사람이 많을 테지만 상관없다. 하지만 신뢰할 수 있는 사람과 만나 함께 새로운 것을 만드는 기회를 얻을 수 있다면 그보다 기쁜 일도 없다.

뭔가 만들 때 자신이 사랑하는 작품에 누군가의 의견이나 생각을 반영하는 일은 의외로 어렵다. 분야는 달라도 '뭔가 만드는' 일을 하는 사람은 틀림없이 이해하리라. 자신만 아는 이 이야기, 자신만이 이 작품의 정답을 알고 있다. 그렇게 믿고 창작하는 사람도 많을 것이다. 하지만 감독은 자신이 믿는 사람의 말을 믿는다. 진심으로 믿는다. 그러면 나는 내가 가진 모든 걸 내놓지 않으면 성이 차지 않는다(모든 걸 내놓았는지는 잘 모르겠다).

이 소설을 다 읽었을 때의 솔직한 심정은 이 소설의 문장, 등장인물의 움직임, 말, 감정의 흐름, 그리고 영화관에서 흐를 그 아름다운 그림, 그 모든 게 신카이 마코토 사제라는 것이다. 신카이 마코토를 통해 드러나는 이 세계의 모습이다. 이 세계의 아름다움도, 추함도, 허무함도, 슬픔까지 모두 우리가 결정할 수 있다. 누군가가 그럴듯하게 잘 적어대든, 세계의 참상과 학식을 늘어놓고 그것을 '현실'로 소환해 반추하든, 우리는 스스로 이 세계를 정의할 수 있다. 어떤 누구도 다른 사람의 마음만은 마음대로 묶을 수 없다. 신카이 마코토는 그걸 알고 있다. 원래 신주쿠라는 거리가 가진 아름다움도, 도시 하늘의 독특한 반짝임도, 어떤 호화로운 요리조차 누군가가 건넨 우연한 맛을 이길 수 없다는 것도.

나는 감독이 믿는 세계가 좋다. 그리고 이 사람이 믿는 강인함을 좋아한다. 사람은 흘러넘치는 수많은 사람과 물건 속에서 살기 위해 조금씩 자신을 표준화하고, 자신이라는 존재를 모호한 세상 속의 '정의' 같은 것에 의탁한다. 그리고 안심하기 마련이다. 그게 나쁜 것만은 아니다. 하지만 자신의 본심과 세상의 정답과의 경계를 조금씩 잃어버린다.

감독은 얼핏 보면 누구보다 겸손하고 누구보다 배려를 잘하고, 조화를 중시한다. 조금은 더 잘난 척해도(오히려 하는 편이) 좋다고 나는 볼 때마다 생각한다. 하지만 감독이 원래 지닌 다정함이 그렇게 행동하게 하는 것 같다.

그러나 아무리 예의를 갖추더라도, 주위나 세상과의 균형을 이성적으로 취하려 해도, 그의 마음속에 있는 결단코 양보할 수 없는 핵심 같은 게 배어 나온다. 아무리 용을 써도 드러난다. 조용히 아우성친다. '누가 뭐라든 듣지 않는 존'을 가지고 있다. 딱 〈날씨의 아이〉 속 호다카처럼. 나는 그 점에 끌렸다.

호다카는 히나에게 주어진 운명을 알고 있다. 실제로 과거 역사 속에서 사람들은 신에게 제물을 바치고 인류의 평화를 손에 넣으려고 했다. 그런데도 호다카는 그녀를 구하러 간다. 그의 세계에 히나가 필요한 것이다. 세상 사람들이 이 결말을 수긍할지 말지는 관계없는 일이다. 호다카의 저 강직함은 감독의 모습 그 자체이다.

〈초속 5센티미터〉, 〈언어의 정원〉 등 수많은 명작을 만들고 〈너의 이름은.〉으로 흥행에도 큰 성공을 거둔 감독이 보다 큰 자신감과 든든한 스태프, 흔들림 없는 기술로 임한 것이 이 작품이다. 내가 보기에 이전의 작품은 감독의 미학 혹은 수줍음, 아니면 관객에 대한 배려라고 해야 할까, 결말에서 어딘가 소심해지는 면이 있었다고 생각한다(정말 이렇게 맘대로 지껄여도 되는지 모르겠으나). 하지만 이번 작품에서는 감독이 소신을 밀고 나갔다. 말 그대로 호다카와 일심동체가 되어 히나를 구하러 갔다. 그렇게 나는 느꼈다. 그게 기뻤다.

극 중에서 마지막 자막이 올라갈 때 흐르는 『괜찮아(Movie edit)』라는 곡이 있다. 작년 12월이었나(본인 왈) 신카이 씨는 이 곡 가사에서 착상해 마지막 장면을 새로 그렸다. 나는 왠지 아주 엄청난 책임을 짊어진 것 같아, 한동안 묵직한 납덩이를 배 속에 넣고 있는 듯했다. 그래서 올해 4월 중순까지 엔딩 곡을 다른 곡으로 하자고 졸랐다. 하지만 감독을 받아들이지 않았고 이 노래로 영화의 본편을 맺고 싶다고 했다. 평소와 마찬가지로, 지난 1년 반 동안 봐온 강직한 눈빛이었다.

'너는 괜찮다는 기분이 들게 하는 사람이 되고 싶어.' 관객들은 이 말을 듣고 틀림없이 이 마지막 장면에서 구원을 얻었다고 생각할 겁니다, 그는 그렇게 말했다.

『괜찮아(Movie edit)』라는 곡은 〈날씨의 아이〉를 위한 곡이자 호다카와 히나의 곡이다. 이 세상에서 예기치 않은 숙명에 우롱당하는 두 사람의 노래이다. 그런데 그런 곡이 과연 마지막 순간, 관객들의 곡이 될지는 몰랐다.

'세상이 네 작은 어깨에 실려 있는지, 내게만 보였어.' 이 말을 과연 관객이 자신의 이야기로 받아들일지 알 수 없었다. 하지만 이 소설을 읽으면서 이해할 수 있을 것만 같았다. 모든 사람이 전부 자기만의 세계를 가지고 있고 그 세계 속에서 필사적으로 살고 있다. 역할을 가지고 어떤 책임을 지며 자신이라는 유일한 생명을 오늘부터 내일로 매일 나르고 있다. 히나만이 아니었다. 그리고 모든 사람이 그런 자신만의 '세계'에서 몸부림치면서 살고 있다. 그 모습을 바로 옆에서 누군가가 지켜봐주는 든든함과 안심감도 알고 있다. '봐주고 있다.' '나의 이 작은 세계를 알아준다.' '괜찮냐고 묻고 마음 써주는 사람이 있다.' 그게 얼마나 든든한지 알고 있다. 그리고 누구나 그 무엇과도 바꿀 수 없는 소중한 사람이 안간힘을 쓰는 모습을 봤을 때 '이 사람이 괜찮게 되는 데 내가 도움이 되고 싶어'라고 기도한다.

이 『괜찮아(Movie edit)』라는 노래는 그런 거였다. 내 노래의 의미를 감독이 알려주었다.

신카이 씨, 고마워요.

날씨의 아이 *Weathering With You*

2019년 10월 28일 1판 1쇄 발행 | 2023년 3월 21일 1판 4쇄 발행

지은이 신카이 마코토 | 옮긴이 민경욱 | 발행인 정욱 | 편집인 황민호
콘텐츠4사업본부장 박정훈 | 디자인 All design group | 마케팅 조안나 이유진 이수정
국제판권 이주은 김준혜 | 제작 심상운 최택순
발행처 대원씨아이(주) | 주소 서울특별시 용산구 한강로 3가 40-456
전화 (02)2071-2093 | 팩스 (02)749-2105 | 등록 제3-563호 | 등록일자 1992년5월11일

www.dwci.co.kr

ISBN 979-11-362-1435-5 (03830)